여행의

이유

懂也沒用的
神祕旅行

小說家金英夏旅行的理由

金英夏——著

胡椒筒——譯

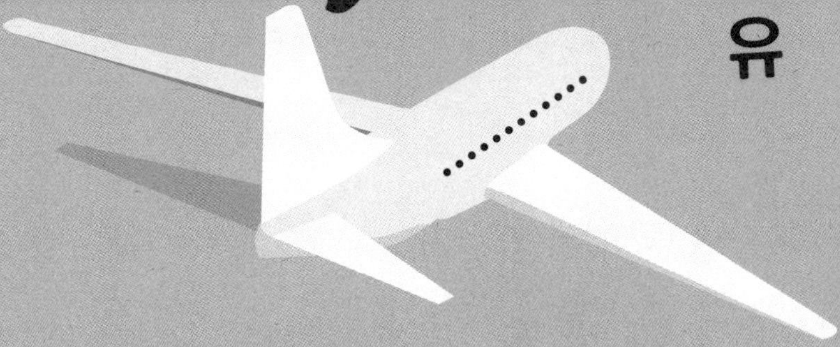

《懂也沒用的神祕旅行：小說家金英夏旅行的理由》推薦文

童年的金英夏搬了六次家，早已習於「流浪」與孤獨，文學是他的慰藉，從經典文學至《荷馬史詩》皆與旅行相偎，得到了體悟，成了《小說家金英夏旅行的理由》。

我們都曾為旅人，或許都曾在旅程中過於追尋意義，而失去旅行的價值。

透過金英夏這次散文作品，體會到年屆知命的他，對於流浪與遊者的哲學思維，如何從中獲得身處異地的歸屬。

讓人檢視過往的旅行經驗，並透過回憶、重組，彷彿重新踏上旅途，化為全然不同感受的「脫旅行」，甚至，再次喚起你成為旅人的熱情與衝動。

——林聖甯（《閱讀探戈：書富比鑑賞會》創辦人）

什麼是一場好的旅行呢？我想就是金英夏所說的能夠讓人反覆體驗到「款待與信任的循環」。旅行使人明白，人在異鄉之所以能完成一趟遠行，真需要天時地利人和，否則孤掌難鳴。閱讀金英夏書寫關於旅行，像深入一門旅行的藝術，在他展演的闡述之中，讀者也重新思索了一回自身旅行的意義。我們無法改變時間流動的線性，但「旅行」卻能幫助自己脫離當下，離開慣性繁瑣的現實日常，將整個自己託付給一段出借的光陰，遇見期間限定的另一個自我。

——張維中（旅日作家）

或許很多人是為了「逃離日常」而旅行，卻讓人進入另一個日常。即使在家鄉最不凡的英雄，在旅程中也不得不暫時忘了自己是誰，徹底變成陌生的無名小卒眼中的另一個無名小卒，讓我們清楚的看到自己的渺小，但渺小中會綻放著小小的光亮，無論如何受苦，痛苦的岩壁上都會綻放出快樂的小花。

永遠生活在當下、在路上的「旅人」，或許才是我們真正的名字。

——褚士瑩（公益旅行家／作家）

這是一本獨特的旅行之書，不是遊記、也非指南，很大一部分的構成是在思考旅行。就像金英夏書裡寫的，我們熟知的英語「travel」一詞，或許是從古代法語「travail」派生而來，蘊有勞動、艱難與無用之意。這也是金英夏「旅行」書的廣義面，從旅行生出思考、態度和歷史，再將它們收納進自己的移動經驗。這些記憶與拆解旅行可能的文字，或許如書名般，於人生是「沒用」的，所有的藝術可能都是如此。但是人生本就存有許多感受，雖然無用，卻偉大。

——蔣亞妮（散文家）

我很愛旅行。我很會出事。我很會旅行時出事。

我會護照直接不見，我會洗護照，我會帶著妻的護照。

我會旅行時急診花好幾萬元，我會旅行時錢包不見，然後被扒手送回，因為裡面都沒錢。

我會一抵達零下四十度的雪地裡，一上車，馬上手被用力關上的車門夾住，並立刻再下車，把手插進雪地裡，冰敷。

我會，我很會，出事。

但我發現，金英夏比我還多事，比我還會出事，而且是大事。

但跟我一樣，也會沒事，並留下故事。

這書我讀來興味盎然，彷彿我也跟著去了旅行，而且，驚濤駭浪，大山大海，大出意外，更大心。

我很愛旅行。我很會出事。我很會旅行時出事。

這書，我很愛，幾乎跟旅行一樣。

——盧建彰（廣告導演）

每回英夏老師在韓國旅行節目「懂也沒用的神祕雜學辭典」講述他的旅行見聞與見解時，總讓喜歡旅行的我聽得入迷且佩服。「我真心喜歡旅行嗎？為何總是不厭倦地出發再出發？著迷的是空間轉換還是跳脫日常的心情？」英夏老師這次透過他擅長的文字，再度領著我去思考「旅行的理由」。因 Covid-19 疫情全球封閉的這期間，我們雖無法自由轉換空間而停下腳步，但閱讀這本書來趟清滌心靈之旅，再次思考下次出發的理由，相信能再自由出門時，回頭來看這段日子也會是一趟難忘的人生旅行。

——蘑菇（羅 PD 台灣後援會「羅羅食堂」創辦人）

目錄

本書中出現的注解，除了標譯注的之外，均為作者注。

驅逐出境與暈眩

面對與期待不符的現實會感到失望，但卻獲得了意想不到的收獲，人生方向因此發生了微妙的變化。事隔多年，當我再次想起那場眩暈的記憶和影響，恍然明白了我是一個怎樣的人。細細想來，旅行於我總是如此。

1

二〇〇五年十二月的某一天，我在上海浦東機場的購票櫃檯買了一張飛回首爾的單程票。經驗豐富的旅客一定不會在機場買機票，更不要說是單程票了，因為單程票貴得離譜。但當時的我卻沒有選擇的餘地，因為我就要被驅逐出境了。

「您要用信用卡，還是現金呢？」

出於職業的好奇心，我在這嚴肅的瞬間，面對這種微不足道的問題，以及其所帶來的奇妙效果展開了思考。比如，我們可以問去刑場的死囚。您是想走樓梯，還是想搭電梯呢？人類受到的訓練是有問必答，因此在死到臨頭的瞬間，還是會稍稍苦惱一下，進而暫時忘卻眼下真正將要面對的問題。雖然我的錢包裡有人民幣，但我還是選擇了用信用卡。據研究表明，付現金會刺激我們大腦中感受痛苦的區域。因為就算是自己主動把錢交給對方，還是會有一種遭到掠奪的感覺。但用信用卡付錢則不同，信用卡從我們的錢包裡抽出來，只是暫時交給對方，很快就會還回來。現金給出去後，可就有去無回囉。雖然明知道這是在自欺欺人，但我不想再對持續進化的大腦提出更多的要求了。我遞出信用卡付了回韓國的單程票後，忽然覺得自己可以理直氣壯地面對站在身旁的公安了，這稍稍減輕了我遭遇驅逐出境的痛苦。我所持有的信用卡付款成功，這說明我在本國的信用沒有問題。這似乎足以證明我是一個不應該受到如此待遇的人，但不管我自己怎麼想，公安根本不在乎我的支付能力。我們直接進入了下一個步驟。公安帶領我穿過工作人員的專用通道，做了形式上的X光安檢，最後抵達登機口。之後的兩個小時，我沉默不語地坐在登機口前的椅子上，等待飛往仁川的航班開放登機。

從浦東機場起飛的飛機經由東海上空，降落在夜幕降臨的仁川機場。我拿到行李後，給妻子打了電話。

「你在哪兒？到住處了嗎？」

「沒有，我在仁川機場。」

妻子一時啞口無言。她感到吃驚，這實屬正常，因為早上剛出國的丈夫，晚上就回國了。我原本的計畫是去一個月。

「你沒去嗎？」

「去是去了……」

「出了什麼事？你哪裡不舒服？」

「沒有，是我……我、我被驅逐出境了。」

那段時間，我在大學任教，整個學期根本寫不出小說。所以我打算趁放寒假的時候專心創作，於是尋找起適當的工作地點。很多韓國人在上海浦東經營民宿，他們以投資為目的買下公寓，淡季的時候會短期租給觀光客，而且還提供一日三餐。我心想，到了那邊有吃有住，非常適合寫作。無聊的話，還可以到上海市區逛一逛。我寫了一封郵件給房東，對方很快回信說，必須將全額費用匯到中國工商銀行才算完成訂房。回信裡還提到，公寓是新建的，所以環境清潔。我預訂的客房不僅附廁所，還有視野極佳的露臺。看照片確實非常豪華，於是我把一個月的房租和餐飲費全部換算成人民幣匯了過去。我帶上準備好的資料和無聊時打算看的書。因為是冬天，加上是長期旅行，所以行李的體積非常大。但我就這樣拖著這些行李，不到一天的時間就回來了。

聽到驅逐出境這個詞時，妻子猜測這跟我寫的小說有關。因為那本小說寫的是北韓派往南韓的間諜在被祖國遺忘後，為了生存獨自求生的故事。後來這個故事以《光之帝國》的書名出版，小說藉由經歷過南、北韓生活的主人翁批判了兩種社會體制。正因為這樣，妻子才會覺得對北韓問題敏感的中國當局阻止了我入境。妻子的這種猜測並非荒唐無稽，因為後來美國、法國、德國和日本等國家都出版了《光之帝國》的翻譯版，唯獨中國的出版社傳來消息說，這種題材很難通過當局的審核（現已出版）。

但我在浦東機場遭遇驅逐出境的原因，不是因為東北亞微妙的國際形勢問題，而是我沒有做好跨國旅行時該做的最基本準備。排隊等待入境安檢時，我看到一起下飛機的韓國人手上都拿著護照和一張白紙。一種不祥的預感油然而生。

「請問，那張白紙是什麼？」

「這個？是簽證啊。」

「嗯？中國也需要簽證嗎？」

「需要吧，我們整個團都辦了簽證。」

「中國跟我們交流那麼頻繁，怎麼還需要簽證呢？」

「誰說不是，但好像真的要有簽證喔。」

我環視周圍一圈，看到一個公安。他就像剛從冬眠中甦醒過來的熊一樣，一臉懶洋洋的樣子。我脫離隊伍，朝他走了過去。因為我不會講中文，所以用英語問他：

「我是韓國人，我需要簽證嗎？」

公安面帶微笑，打了個手勢教我跟他走。我腦海裡浮現出可以辦理落地簽的東南亞國家，於是衝著走在前面的公安問說：

「這裡可以直接辦落地簽吧？」

公安連連點頭，臉上不失笑容。我跟著他走過一條長長的、沒有窗戶的走廊，迎面而來的人手裡都握有一個保溫瓶。大家經過我們時，都跟他打了聲招呼。我們走進熙熙攘攘的辦公室，公安示意我坐在角落的椅子上。空氣裡混雜著中國茶葉的味道和地下室長年不通風的霉味。公安跟我要了護照，仔細檢查了一番後拿去複印，然後遞給我一張紙和一隻筆，要我在上面簽名。紙上寫的都是中國的簡體字，我剛落筆簽了名，他便露出燦爛的笑容拿走了紙筆。不管我問什麼問題，他都是笑著一直重複「好、好」兩個字。從這種友好的氣氛來看，彷彿落地簽很快就能辦好一樣。但是，所有的簽證都需要手續費，他卻沒有跟我提錢，我略感不安了起來。公安左手拿著那張紙，拉著我開始往外走。我還以為他會把我送到入境查驗櫃檯，但沒想我們出來的地方竟然是出境大廳。當他把我帶到東方航空售票櫃檯前時，我這才覺得事有不妙。我問這個公安熊叔這到底是怎麼回事？他用手指了指我簽過名的紙上的幾行字，雖然是簡體字，但有些漢字還是可以看得懂。內容大致是，我違反了中華人民共和國的法律，因此同意在最短的時間內離境。這個公安熊叔之所以一直保持笑容，是因為我沒有惹是生非，爽快地在離境同意書上簽了名。為了節省機票錢，我問他可不可以使用預定的回程機票，他說來時的飛機已經起飛了。我又問他能不能在機場過一夜，明天再搭那班航班回國。他堅定地搖了搖頭，把那張紙塞給我看，意思是說我已經在儘快離開中國領土的同意書上簽了名。他還教我不必擔心，說會把我的行李送上飛機。

我們抵達登機口後再也沒有講過一句話。很少有人經歷過這種事，有過經驗後，我覺得心情沒有那麼糟糕透頂。這趟旅行沒有任何收穫，一天就結束了。我買了比來回機票還要貴的單程票，預先支付的房租和餐飲費可能也都有去無回（實際上沒有退款），而且有生以來第一次成為驅逐出境者，坐在候機室裡。但對我而言，這都是非常珍貴的經驗。身為小說家的我有一種預感，有朝一日會把這件事寫出來。

從這點意義上看，作家的旅行或許不需要嚴謹的計畫。因為旅行過於順利的話，日後便沒有可寫的東西了。正因為如此，我去任何國家都不會在餐廳選餐時煞費苦心。運氣好的話，就能吃上美味佳餚；踩到地雷的話，就把它寫出來。不過因為我這種馬馬虎虎亂點餐的習慣，的確連累過同行的人。有一次，我和幾位作家一起到波蘭參加文學活動。在駐華沙韓國大使邀請的晚宴上，我跟往常一樣隨便選好以後就把菜單闔上了。幾位作家說要跟我選一樣的菜單，但我阻止了他們，我說我也是第一次來波蘭，對這裡的食物並不了解。但有幾位作家還是堅持了自己最初的選擇，我們就這樣剩下了一半來歷不明的食物，結束了晚餐。

當然，我也有不想冒險，只希望填飽肚子的時候。在語言不通的國家，為了躲避像是雞冠（法國和義大利）、炸蜘蛛（柬埔寨）、蝙蝠濃湯（印尼）等料理，我會這樣做。因為菜單的空間有限，所以假設餐廳不會隨便製作菜單，如果是一家老店的話，一定會遵循世界共同的規則。餐廳老闆或主廚會先把菜單分成三大類，前菜、主菜和甜品，然後每類裡會選定四、五道菜。由於印刷後便無法更改，所以他們一定會很慎重地做出選擇。排在最前面的一定是主廚最拿手、客人最喜歡的，越往下面越是不能隨便亂選的、高難度的、大膽的料理。如果你想嘗試鴿子肉（埃及）或是鯉魚魚鰾（中國）等食材烹飪的特色料理，大可從最下面開始挑選。廚師一定要把這些具有挑戰性的料理加入菜單的原因，是希望滿足每位客人的喜好，但也有凸顯自己餐廳特色、炫耀自己實力的目的。這就好比古典音樂演奏家在編排曲目時，會選擇像是韋瓦第的《四季》和蕭邦的《夜曲》等大眾熟悉的曲目，但也有相反的情況。

如果希望避免點餐失敗的話，最好從所有分類的最上面開始選，食材選雞肉最為安全。不管外表塗了什麼、如何醃製，裡面都會是我們熟悉的雞肉。但如果你想以旅行為素材寫點什麼的話，那就要從最下面開始選了。有時，同行的人中會跟你選擇一樣的菜單，然後對於印象深刻的失敗體驗，有的人會一直提起這件事，有的人則會把它寫出來。大部分的遊記都是由作者經歷過的各種失敗構成的。假如有一本遊記寫的都是完美實現計畫的內容，那我可能不會去看，因為肯定會很無聊。

2

既然如此，那遊記的本質又是什麼呢？踏上旅途的主人翁懷揣著旅行成功的目的，但在經歷過大大小小的考驗後，卻收獲了與最初的目的相反的什麼，然後返回到原點。馬可．波羅帶著跟中國做貿易、掙大錢的目標踏上了旅途，但世界跟自己想像的截然不同，他醒悟到世界上存在著多種多樣的人類和動物、文化和制度，於是回來後寫下了《東方見聞錄》。

旅行見聞可以說是人類最久遠的故事型態。主人翁總是會到很遠的地方去。羅納德．B．托比亞斯（Ronald B. Tobias）在《經典情節20種》（*20 Master Plots*）中把「探尋情節」介紹為世上最久遠的一種情節。主人翁為了探尋什麼踏上旅途，而探尋的對象一般都是他可以賭上整個人生的什麼。

在美索不達米亞挖掘出的《吉爾伽美什史詩》（*Epic of Gilgamesh*）中，主人翁吉爾伽美什為了探尋永生的祕訣，踏上旅途。同樣是很久遠的故事中，奧德修斯在結束特洛伊戰爭後，返回妻子和兒子所在的故鄉，一路上歷經險阻，但他始終沒有放棄。探尋情節最有趣的是故事的結局。主人翁會得到比原本要探尋的更珍貴的、或是完全不同的什麼。簡單來說，就是領悟。吉爾伽美什沒有找到「不死的祕訣」，相反的，他洞察到了「死亡是無可避免的」。奧德修斯雖然實現了最初的目的，返回了家鄉，但他通過這段漫長的旅程真正收獲到的卻是醒悟。他醒悟到，在這個象徵神的世界裡，根本沒有人在意人類的安危；就算是再了不起的英雄也不過是一個人類；人類的一生是建立在脆弱的基礎之上的；幻覺和迷惑帶來的快樂並不是真正的幸福。當奧德修斯回到故鄉達伊薩卡島時，他已經變成了一個跟最初離開時完全不同的人。

電影《溫蒂的幸福劇本》（*Please Stand By*）的主人翁溫蒂是一個患有自閉症、難以與世界溝通的少女。身為《星際爭霸戰》的頭號粉絲，某天溫蒂看到派拉蒙影業正在公開徵求劇本的消息，她心想如果能拿到獎金就可以從照護機構回家了，於是專心寫起了劇本。但忽然溫蒂捲入了某起事件，無法準時把劇本寄到電影公司。溫蒂決心帶著劇本親自前往洛杉磯，她搭乘巴士有生以來第一次離開了自己生活的地方。溫蒂歷經險阻，不但遇到了沒有禮貌的司機和盜賊，還經歷了車禍。這位符合典型「探尋情節」的主人翁，並沒有實現最初的目標——入圍劇本選拔。但她通過這個過程獲得了突破自身侷限的寶貴體驗。雖然溫蒂沒有實現夢想，但觀眾還是為她感到高興。因為在觀看電影的過程中，觀眾醒悟到在溫蒂追求表面目標（入圍劇本選拔）的基礎上，其實存在著真正的內在目標（回歸家庭，走出社會），因此當溫蒂下意識地達成目標時，大家都能發自內心地為她感到高興。

像這樣以「探尋情節」構成的故事大都存在著兩個層次的目標，主人翁表面展現出來的、正在追求的（外在目標）和連自己都不知道的（內在目標）。遵循「探尋情節」創作的故事，會讓主人翁比起追求表面上的目標，更加懇切地去實現內在的目標。這樣的故事才能給觀眾帶來更大的滿足感。

以「探尋情節」分類的故事基本上都在描寫主人翁長途跋涉的旅行。反過來講，遊記都是以「探尋情節」的形式來完成的。我們帶著明確、表面的目標踏上旅途，並且可以把目標隨便告訴周圍的人。比如，到夏威夷學衝浪、到清邁健行、今年暑假去印度練瑜珈，或是走遍歐洲的所有美術館等等。為了實現這樣的目標，我們會做好萬無一失的準備。蒐集當地的信息，預訂住處，研究移動的方法。在「探尋情節」中，主人翁會在終點發現「意外的事實」，然後通過這個「意外的事實」獲得領悟。但在準備旅行的過程中，沒有人會刻意尋找「意外的事實」，製造意想不到的失敗、挫折和出乎意料的結局。每個人都希望旅行一帆風順，平安回家。至少從表面上看是這樣的。但在我們的內心深處，其實存在著連我們自己也沒有意識到的強烈願望。通過旅行發現「意外的事實」，並且對自身、世界有所醒悟，經歷這種魔法般的瞬間，就是我們內心強烈的願望。但這種願望的重點是必須存在「意外」才可能實現，一開始就懷揣這種期待出門是不可能實現的。背後被插了一刀的情況，基本上都是在毫無預料的瞬間發生的。

一直以來，遵循「探尋情節」的小說、電影和遊記受到大眾喜愛的原因，是因為大家都遵循這種情節思考自己的人生。我們的人生也總是存在著外在的目標，考上大學，遇到適合的伴侶結婚、組建家庭，擁有一戶像樣的房子，養育好子女把他們送進大學等等。但不是所有人都能實現這些外在的目標。我們的期待總是高於自己的能力，但即使無法實現預期的目標，也會得到某種程度的滿足，然後不論結果如何都能有所領悟。

美國的某位學者針對職棒小聯盟的選手展開過研究。孩子在開始學打棒球時，都會想：「我長大以後，要成為大聯盟的職棒選手。」所有孩子的夢想都是成為大聯盟的職棒選手，而且還是職棒選手中創造輝煌成績的、擁有最高年薪的明星選手。根據thebaseballcube.com 從二〇〇〇年到二〇〇一年的新人選拔結果來看，職業球隊從業餘選手中選拔了一萬七千九百二十五人，但只有一千三百二十六名選手出戰過職業棒球比賽，也就是說還不到百分之七點四。那些只到小聯盟就結束了選手生涯的人都沒有實現最初的目標，但他們並非都是不幸的。雖然這些人沒有獲得巨大的成功，但卻活出了自己的人生。竭盡全力上場比賽，遇到一生摯愛組建家庭，退役後成為教練培養下一代選手，或是乾脆另謀出路。雖然他們在這個過程中沒有實現最初的目標（「成為職棒選手」），但卻收穫了更寶貴（或是自認為更寶貴）的教訓。不管怎樣，大家都堅持過來了。在他們身邊有珍愛的家人陪伴，而且獲得了即使在旁人眼裡看似微不足道，但卻是自己努力一生的小成果。人生和旅行因此充滿了神祕。就算我們無法實現目標，而且還會經歷意想不到的失敗、考驗和挫折，但我們還是可以從中收穫到喜悅和幸福，並且獲得深刻的領悟。

我在自願（？）離開中華人民共和國的瞬間，在寫作計畫徹底泡湯的瞬間又領悟到了什麼呢？事實上，當時我的腦袋一片空白。臨行前，我對周圍的朋友揚言要去上海寫小說，結果就這麼荒唐無稽地走了一趟。我要如何跟朋友解釋這件事呢？原本計畫要在上海完成的小說，如今該怎麼辦呢？當時，我只在擔心這些事。

我提著行李走出機場，夜已經深了。我不好意思搭計程車，於是走去搭機場巴士。面對早上出國的丈夫遭驅逐出境，夜裡歸家的空前狀況，妻子一時失去了平常心。我勸她說，中國簽證很快就能辦下來，到時候再去也不遲。但妻子阻止我，她說，為什麼還要去趕走你的國家？從明天早上開始哪裡也不要去，就在家裡集中精力寫小說，不要到處宣揚，閉門不出就等於是去了上海。我聽從妻子的話，隔天起足不出戶，埋頭寫起了小說。就這樣，小說趕上了進度。這麼看來，遭遇驅逐出境也不是一件可怕的事，這只不過是先後順序調換了一下罷了。我原本的計畫是出國——上海滯留——寫小說——回國，然後變成了出國——（極短暫的）上海滯留——回國——寫小說。從結果來看，調換順序並沒有造成問題。寒假快要進入尾聲，長篇小說一旦進入寫作狀態，作家就會被帶入另一個世界。正因為這樣，如果作家能真正專注於寫作，自己身在何處也就不那麼重要了。有時，我會乾脆忘記自己身在何處，跟隨著主人翁金基榮，時而走在平壤的街頭，時而走在首爾的樂園商街或韓國世貿中心（COEX）的地下。這讓我幾乎忘記了自己是在上海浦東，還是身在自己家的房間裡。

結束了為期一個月的「自家旅行」後，我在寒冬裡的某一天來到漢江邊散步。我像是剛從海外回來的人一樣，對首爾的一切感到很陌生。記得某位作家前輩在新書上市後接受採訪時說，小說脫稿後走到外面，才發現只有自己穿著冬天的衣服。每天通勤的上班族或許會感到難以置信，但我卻完全明白他講的話。作家比其他職業的人更常去旅行，能為我們的精神世界帶來最大影響的是到自己創造的世界旅行。如果跳進那個兔子洞的話，時間就會變得不一樣，能夠左右主人翁命運的重大事件和矛盾隨即展開，這可要比在現實世界裡旅行更具有戲劇性。

3

在全世界的文化中可以發現一種觀念，那就是旅行歸來後必須所收獲。到了二十世紀後期，旅行才變得簡單，在那以前的旅行，可以說是一生中花費大量金錢和時間的苦差事。英語「travel」最早以「旅行」的意思使用，是在十四世紀左右，據推測這是從古代法語「travail」派生而來的。這一單詞絲毫不存在現代人聊起「旅行」時，浮想聯翩的喜悅和解放感，它蘊含的意思只有勞動、艱難和痛苦。現代英語中使用的「travail」一詞，仍然保留著痛苦、艱難等的意思，「in travail」意味著「在陣痛中艱難掙扎」。不管是東方還是西方，都會把遊走他鄉視為不幸的命運。在韓國算八字，如果出現「客棧」或是「驛馬」等詞，都會看作是不祥的兆頭。在西方也是一樣，二十世紀以前，人們很難想像到很遠的地方去。因為大部分到遠方去的人，不是被掠奪了生活的基地，就是從共同體中被趕了出去。雖然也存在著滿懷宗教熱情的朝聖之旅，但那也是充滿了艱辛險阻，很多朝聖者因遭遇強盜的攻擊或疾病而死在路上。正因為這樣，人們在踏上充滿艱險的旅途時，才需要相應的回報。朝聖者見到他們的神，東方三博士目睹到救世主的誕生，吉爾伽美什找到長生不老的祕密，作家獲得絕妙的寫作素材。

我的父母第一次出國旅行是在一九九六年。那時我還沒結婚，而且志在成為小說家，所以在父母家住了幾年。等到我榮獲文學獎，剛拿到獎金，便大聲嚷嚷教他們拿著這筆錢去歐洲旅行。在我出生以前，父親曾派駐過越南，除此以外他再也沒有出過國。那次則是母親有生以來第一次出國。

他們結束為期十五天的歐洲之旅後，父親回到家，一臉驕傲地遞給我一本筆記本。

「你看看，我都寫在上面了。」

父親彷彿是想證明沒有浪費我出的旅費，所以把旅行期間導遊講的所有內容都抄寫了下來。可我期待的並不是這些，我只是想告訴他們，過去幾年寄生在家裡的日子正式結束，如今我可以獨立了。我期待的是，他們能以我為傲。我希望向不期望兒子成為作家，更不覺得我能成為作家的父母證明（有能力送他們去歐洲旅行），他們的兒子揚眉吐氣地登上了文壇，也能夠靠寫字謀生了。但父親遞給我的「作業本」，反倒讓我變成了父親的父親，必須來認可他所付出的努力。一輩子生活簡樸的父親，認為花了那麼多錢不能只顧著吃喝玩樂。那他應該做什麼呢？父親遵循了人類長期以來的信念，認為旅行必須要有所收獲，所以一路上拿著筆認真地做起了筆記。筆記本上大部分都是旅遊書上的內容，偶爾還會出現不能寫在這裡的、讓人覺得難為情的笑話。

那次旅行是父親第一次、也是最後一次的歐洲之旅。如果父親知道那是最後一次的話，他會放下紙筆悠閒地享受旅行嗎？我猜就算他知道了，也還是做不到。在當時，父親那種不懂變通的性格也算是旅客普遍的態度了。對韓國人而言，在那個年代能去歐洲旅行是相當珍貴的經驗。當時，我已經去歐洲背包旅行過兩次，所以看到父親這樣不僅覺得他很古板，也很無可奈何。但回想一下我的第一次海外旅行，其實也跟父親差不多。

我有生以來第一次出國旅行是去中國。大四的最後一個學期，當所有人都在忙著探尋出路的時候，我還留在學生會做事。十一月新的幹部上任以後，我退居了二線。那時剛放寒假，正當我無所事事地過著寒假生活時，學生處的職員打來了電話。當時，學生會的勢力龐大，只要我們運動圈的學生不鬧出像是占領校長室的大事，學生處都能與我們和平相處。我偶爾會一腳踹開學生處的大門，衝進去大吼大叫，每次跳出來制止我、控制局面的人，就是打電話來的這個職員。學校會給學生會的幹部發放獎學金，但有時發放獎學金的對象或者金額會有出入。這筆獎學金不會分給個人，而是用在學生會，或是做為運動圈內部的祕密資金。我們會用這筆錢做一些官方預算不能留下證據的事。比如，我們會用這筆錢列印文件，為被通緝的同學提供躲藏時所需的資金，製作並發放傳單。我們認為學校縮減獎學金的金額，等於是對學生運動的打壓，因此每當出現這種情況時，我就會在適當的時機以腳踹代替手推衝進學生處。

那個職員立刻問我要不要去中國，我記不大清他當時講的是「中國」還是「中共」了。後來我無意間在母親的記帳本上看到了「英夏中共旅行」幾個字。不光是母親，絕大多數的韓國人都會把那個位於韓半島西側的大國稱之為中共。但不管是中國也好，中共也罷，他打電話來的重點是，政府為了讓運動圈的大學生看清社會主義國家的現實，讓財閥企業資助大學生到蘇聯和中國旅行，而他主動推薦了我。

當時距離武力鎮壓天安門事件還不到半年，距離柏林圍牆倒塌也不過一個多月。社會主義中國虐殺了和平遊行的隊伍，蘇維埃和東歐地區正在急速崩潰。反之，一九八八年漢城[1]成功舉辦奧運會後，GDP年增長率達到了百分之十左右，韓國充滿了資本主義的自信心。高喊「解散壟斷財閥」的大學生，迎來了必須做出道德選擇的瞬間，我們應不應該拿著壟斷財閥的錢，去看一看自己暗自（但有時會公開）崇拜的社會主義國家呢？據我所知，運動圈都沒有拒絕這項提議。當時還是不能自由出國的年代，對有可能逃亡海外、還沒服兵役的人來說，這簡直是一個難能可貴的機會。當時運動圈的大學生一邊閱讀著毛澤東語錄，以及艾德加・史諾（Edgar Snow）記錄的關於毛澤東率領紅軍大長征的《紅星照耀中國》，一邊懷揣著對社會主義中國的巨大幻想。同時，大家藉由閱讀相當於蘇聯國定教科書的《世界哲學史》學習著馬克思主義，我們在推翻沙皇體制

1 譯注：即今首爾，二〇〇五年改稱。

的俄國革命史中，看到了打倒軍事獨裁的希望。雖然我們都讀過關於這兩個國家革命的書籍，但沒有人想到真的能有機去看一看。這兩個國家在地理位置上都是韓國的近鄰，但在心理上卻如同北韓一樣遙遠。比起現實中的場所，它們更像是《格列佛遊記》中想像出來的匣匣普。就這樣，我們突然站在了選擇的十字路口上，甚至是一場不需要旅費的免費旅行。

那時，我第一次辦了護照。雖然是辦理使用一次就作廢的單次護照，但還是相當麻煩。或許現在很多人難以相信，但直到一九八七年，只有五十歲以上的人才能領取到觀光用的單次護照。之後年齡層降到了四十、三十歲，一直到一九八九年才取消了年齡限制。直到一九八九年，全家申請護照都會受到限制，理由是有「逃亡海外之虞」。因為我還沒有服兵役，所以必須由父親的朋友寫一份身分擔保。聽說假如我回國後不入伍的話，父親的朋友就要繳一筆巨額罰金。準備出國的人還要接受素養教育，我們到韓國反共聯盟（韓國自由總聯盟的前身）和韓國觀光公社，接受了名為「接觸共產主義居民注意事項」的教育。主要的內容是：到了國外要小心北韓人，避免被綁架到北韓。即使不是北韓人也要小心那些受到北韓操縱的、批判南韓的同胞（一九九二年廢除了這項素養教育）。我們還到位於 COEX 的世貿中心洲際酒店學習入住酒店的禮節。教育官教導我們，到了國外就是代表國家的民間外交官，因此必須時刻注重禮節。我們還在餐廳學習了使用刀叉的方法（他們似乎不知道我們是去使用筷子的國家），然後到客房了解內部結構。經過這麼一番折騰後，我們才出了國門。當時還沒有仁川機場，所以出國的人都在金浦機場集合。因為當時還沒有正式與中國建交，所以沒有直飛航線，我們搭乘的飛機必須經由香港才能飛往上海。同行的人中，有一個人看到我，指著我的耳朵問：

「你耳朵後面那是什麼啊？」

那是名為金瑪特的防暈貼片。我看到大家都沒有貼這個東西，反倒很驚訝。暈機是很可怕的，可大家怎麼都沒有任何準備呢？大家都圍了過來，觀賞起我耳朵後面的金瑪特。

「你第一次坐飛機？」

奇怪了。不是說人人都會暈機嗎？所以飛機的座位上才會準備暈機袋啊。可怎麼大家都這麼泰然自若呢？雖然不能出國旅行，但想必大家都坐飛機去過濟州島或釜山吧。不管怎樣，我的第一次海外旅行就是從貼金瑪特開始的。

從某方面來講，前往中國的我和那些運動圈的「同志們」，都和在歐洲認真做筆記的父親差不多，我們都希望從社會主義中國學習到什麼，也很想知道天安門事件的真相。我們都懷疑是韓國的媒體為了詆毀中國，捏造了事實的真相，大家都期盼著能遇到對社會主義未來充滿信心的青年。但那只是我們的期盼罷了。那是一種認為自己的信仰始終健全的希望，比起現實，更在乎自己相信的態度。未曾踏上旅途的人可以活在舒適的信仰中，可一旦踏上旅途，就必須根據眼前的現實修改信仰了。如果我們否定現實，只執著於過去的信仰的話，那麼這趟旅行最終只能以災難告終。

有一種症狀叫做「巴黎症候群」。生活在法國巴黎的日本心理學家太田博昭，在一九九一年第一次使用了這個名詞。他特別關注到一群在巴黎出現呼吸困難和暈眩症的日本遊客，這群帶著巴黎幻想抵達當地的遊客，看到現實與自己想像中的巴黎差距甚遠時，大受打擊。不清理狗屎的居民；經過地鐵檢票口後，隨便亂丟車票的乘客；對外國人很不友好的店員，以及空氣中令人感到不快的味道。這些都是難以通過旅遊書中的絕美照片想像出來的。當長年懷揣的美好幻想和眼前的現實差距甚遠時，這群缺乏旅行經驗的遊客便像暈機了一樣感到頭暈目眩。反之，經驗豐富的旅客會根據眼前的現實立刻修正自己的固有觀念。

為我們提供去中國旅行經費的財閥企業，肯定是希望我們這些運動圈的學生能夠「有所覺醒」、徹底投降，但我們都在心底暗下決心，絕對不可以順著他們的意圖、一定要發現社會主義的可能性。社會主義勢力在柏林圍牆倒塌後的冷戰前線紛紛豎起了白旗，儘管如此，缺乏正統性的盧泰愚政權還是沒有信心取得資本主義的勝利。之所以這樣講的證據是，那次旅行政府派了兩名保安人員同行，其中一名是國家安全企劃部（國家情報院的前身，簡稱國企部）的人員，另一名是西大門警察局的刑警。大家都知道他們此次同行的目的，是為了防止發生像是逃亡或者跑去北韓之類的突發事件。除了這兩個人以外，還有扮演指導教授角色的學生處長。

安企部的人很年輕，但看起來城府很深。他一直跟在我們後面，同學們幾乎都不跟他講話。當時大學裡的氛圍是，沒有運動圈的人想跟安企部扯上關係。某個系的學長或同屆生被安企部抓去嚴刑拷打，或是一去無蹤，再不然就是突然入伍，這種事情比比皆是。我們都把那個人當成隱形人，他自己也接受了這樣的待遇。西大門警察局情報科派來的老刑警上了年紀，眼看就要退休了。我們都叫他安刑警。一開始我們對他也跟安企部的人一樣，但漸漸的大家放鬆了警惕，畢竟警察比情報機關的人好相處。而且從外表上看，比起刑警，他更像是高中和藹可親的校長。在學生會當差，自然而然會跟管轄警察局、特別是情報科的刑警打交道。比如，參加示威遊行的學生連日來失去消息的話，我們就會打電話到轄區警察局情報科，跟認識的刑警打探消息。一般情況下，警察都會透露，告訴我們人關押在哪個警察局的拘留所，或是送去即決審判了。但有時如果是連他們也不能輕易提及的機關把人抓走了的話，也會稍稍暗示我們。對那些不知道親友是生是死的人來說，這樣的情報已經很可貴了。反過來，警察也有需要跟我們確認一些簡單情報的時候，比如預定的示威規模和場所。即使我們不透露給他們，他們到了現場自然也會知道。但為了避免上級機關為難他們，我們也會適當提供一些消息。再加上，我們也需要避免警察與學生發生過激衝突，導致雙方人員傷亡，所以學生會會與管區警察局建立一條溝通的渠道。知道這些內幕的我，沒有像其他同學那樣排斥安刑警。在海外旅行尚未自由化的年代，像他這樣的老刑警更不可能有機會出國。西大門警察局在接到這次派遣保安人員任務的時候，或許是考慮到他多次錯失晉升機會，所以把這次出國任務當作是一種退休前的獎賞了。安刑警跟我們一樣都是第一次出國旅行，可偏偏去的地方是未建交的敵對國家。正因為這樣，他看起來一直都很緊張。

安刑警把自己的相機遞給學生，請大家幫他拍照。那是不知道有自拍的年代，如果不這樣請別人幫忙，可是連一張旅行照片都留不下的。但大家一直躲著他。在天安門和萬里長城等知名的觀光景點，安刑警一直找不到機會請人幫他拍照。看到跟父親年紀相仿的安刑警總是一個人，我心裡也很不好受。

「我幫您拍照吧？」

大概是從上海的魯迅公園開始，之後不管走到哪裡，我都會用安刑警的傻瓜相機幫他拍照。在餐廳吃飯的時候，我也偶爾跟他坐在同一桌。幾天過後，安刑警也變得不那麼緊張了，他像是忘記了自己的保安身分，開始享受起旅行。

「笑一笑。」

之後拍照的時候，他都能露出自然的笑容了。我們相處的就跟校外教學時的校長和學生會長一樣。我們從上海移動到北京，參觀了天安門、紫禁城等地方。有一天下午，我們來到北京大學。原本的計畫是用半個多小時參觀校園，然後移動去下一個景點。但我和小我一屆、當過學生會會長的企業管理系學弟在車上擬了另一個計畫。

「我們隨便找一個北京大學的學生，讓他帶我們參觀一下宿舍，也問問關於天安門事件的事。」

我們沒有告訴同行的人，立刻實施了計畫。我們隨便攔下一個大學生，用英語問他可不可以帶我們參觀宿舍。沒想到對方用很流暢的英語回答了我們。他帶我們來到自己的宿舍，推開門走進去時，我和學弟都嚇了一跳，因為牆上掛著一張巨大的美國地圖。這跟我們想像中的北京大學宿舍差距甚遠，我們期待看到的是毛澤東的畫像。那個學生沏茶招待了我和學弟，我們三個人一起盯著那張地圖。他很明確地告訴我們，自己的夢想是去美國留學。不光自己，很多中國的大學生都擁有同樣的夢想。他還拿出考托福的書給我們看。我和學弟從來沒考過托福，因為我們都認為美國是導致韓半島分裂的元兇，所以深信資本主義會因自身的矛盾而滅亡，社會主義最終會取得勝利。可是，中國的精英卻在準備去美國留學。我們還問了幾個月前發生的天安門事件，他只是露出為難的笑容，什麼也沒有講。針對柏林圍牆倒塌和蘇維埃解體等事件，他也沒有做任何補充。他問我們有沒有去過美國，我們搖了搖頭，他略顯失望。但我們還是聊了很多主題，對社會主義中國充滿幻想的首爾大學生，和希望到資本主義美國留學的北京大學生，你一言、我一語的聊個不停。等我們回過神來一看錶，已經過去兩個小時了。我和學弟嚇得連忙跟他道別，立刻趕往集合地點。大巴依然停在原地，但除了司機以外看不到其他人。不一會，大家陸續回到車上。原來大家分散到校園找我們去了。學生處處長緊閉雙眼一語不發，安刑警顯然也鬆了一口氣。擔任學生代表的學長勃然大怒，衝著我們大吼，你們到底跑去哪了，知不知道大家有多擔心。雖然我們解釋，因為跟北京大學的學生聊天，所以忘了時間，但大家都不相信。顯然他們已經想像出最壞的劇本。比如，我們自願跑去北韓、逃亡或是遭到綁架……如果是這樣，其他人也會受到牽連，所以每個人才會不知如何是好。

那天晚上，大家聚在一起吃飯時，我正式跟所有人道了歉。返回飯店的路上，安刑警走過來對我說，他知道我不是那種人，所以沒有很擔心。他還問我，畢業以後是不是還要留在運動圈，我說自己打算考研究所。安刑警像是表揚我似的說，這樣想就對了，他見過很多運動圈的人，但怎麼看我都不像走那條路的人。

由於一時打擊過大，我們腦中暫時一片空白。我和學弟在北京大學的宿舍裡，受到了很大的衝擊，整個旅行我們都在討論這件事。我們徹夜聊著諸如中國不再是我們想像中的那個國家，未來會迅速實現資本主義的話題。不僅北京大學的宿舍，我們在當地看到的一切徵兆，都在暗示著中國會走上資本主義的道路。鄧小平徹底改變了中國。除了共產黨一黨專政以外，中國在其他各個方面都在迅速轉向資本主義體制。同所有旅客一樣，我們面對眼前的現實，也不得不修正自己的固有觀念。

從中國回來以後，我把學生會的工作轉交給下一屆幹部，跟著準備起六月的研究所考試。因為大學四年幾乎沒用功讀書，所以考試準備起來相當吃力，我從早到晚埋頭在圖書館。有一天，學生會的學弟找到我，說是西大門警察局的安刑警打電話找我。我跑到公用電話打給安刑警，他說市警（首爾市警察廳）在找我，跟著立刻掛斷了電話。安刑警的意思是，警察正在通緝我，教我趕快躲起來。從那天開始我便沒有回過家，在同學的幫助下，我躲在學校宿舍裡，早上我比房間的主人起得還要早，拿著他們給的餐券去吃飯，然後再到圖書館。晚上等到宿舍點完名後，再趁著就寢前的混亂溜進去，躺在床與床之間的地板上睡覺。直到六月研究所考試當天為止，我一步也沒有走出過學校大門。

幸好我沒有遭到逮捕，順利參加了研究所的入學考試。考完試過了幾天，我偷偷摸摸地溜回了家。大概過了三天。有一天下午，有人突然來按我們家的門鈴。我推開門，只見一個又矮又胖的男人站在那裡。即使他不出示身分證，我也能看出來他是警察。

「這裡是金英夏的家吧？你哥哥最近去哪兒了？」

警察把我當成了小我三歲的弟弟。他自己不過是形式上在管區履行公事罷了，怎麼也沒想到我會泰若自然地待在家裡。當時我已經參加完考試，而且沒有打算躲一輩子，所以坦白說：

「我就是金英夏。」

他瞪大眼睛，打量了我一番。

「你就是金英夏？」

他把手裡拿著的小本子塞進上衣口袋。

「你……知道我們在通緝你嗎？」

「知道。」

結束了躲躲藏藏的日子，剛回家就遇到警察登門，我著實嚇了一跳。但這個隻身一人的警察，在絲毫沒有準備的狀況下就撞到通緝犯，也大吃一驚。

「那你跟我走吧，趕快出來。」

我搖了搖頭。

「不行。」

「為什麼不行？」

「我們學校歸西大門警察局管，要去也該去那邊。」

我還以為他會噗嗤一笑，可沒想到他卻緊張了起來。

「沒那回事，跟我走就行。」

「那我先打個電話。」

「喂，臭小子。我說了算，你少在那廢話！」

雖然他嘴巴上這樣講，但顯然沒有要用蠻力制伏我的意思。因為我塊頭比他大，加上這是我的主場。我們家是走廊式的公寓，萬一動起手來，搞不好他會翻過欄杆掉下去，他身後就是一米高的欄杆。就在這時，母親回來了。她抓著那個警察拖延了一段時間。我把他請進家裡，然後打電話給西大門警察局的安刑警。

「我是跟他走，還是……」

「不，絕對不能跟他走。讓他來聽電話。」

那個警察完全沒有把業績讓給其他警察局的意思，他們講了很長時間，但似乎彼此作出了某種讓步。他一直坐在客廳盯著我，直到西大門警察局來人把我帶走。那天下午，我被關進了警察局的拘留所。審訊時他們拿出在學校門口拍的照片，照片裡的我站在學校正門前，戴著口罩、舉著木板。

「這是你吧？」

「是我。」

年輕的調查科刑警負責審訊。期間安刑警過來了好幾次，他再三拜託後輩，說跟我去過北京，對我很了解，還說我跟那些運動圈的人不一樣，是個守本分的傢伙，前陣子參加了研究所的考試，以後肯定不會再參與集會那種事了。

刑警認可我是「守本分的傢伙」以後，直接把我放了。雖然警察把我移交給檢方，但獲得了暫不起訴的處分。我通過研究所的考試，在入學以後正式開始投入寫作。從研究所第三個學期開始，我可以靠寫字賺的錢繳學費和生活了。假如安刑警沒有通知我這些消息的話，那會怎麼樣呢？我會待在家裡，在毫不知情的情況下被市警抓走，搞不好會接受比西大門警察局更殘酷的審訊，然後被拘留，判處有期徒刑，研究所的考試可能也無法參加了。如果考不上研究所，就無法延期入伍，直接入伍的話，我大概就不能成為作家了。即使成了作家也會比現在晚，人生也會跟現在不一樣。

正如安刑警預測的那樣，我之後再也沒參加「集會那種事」。時代變了，我們迎來了文民政府[2]。韓中正式建交，人們再也不叫那個國家「中共」了。非但如此，它還成了韓國經濟上最重要的貿易合作夥伴。

在浦東機場遭遇驅逐出境的那個瞬間，我自然而然地回想起二十三歲時第一次抵達上海的情景。我想像著此時與過去截然不同的巨大改變，以及那些財閥企業和政客策劃的、荒謬可笑的「看清社會主義真相」團體旅遊，是如何以他們完全沒有預想到的方式改變了我的人生。跟我一起參觀北京大學學生宿舍的那個學弟，在那次旅行中結識了同

2 譯注：文民政府，一九八七年六月民主抗爭開啟了總統直選制的序幕，一九九三年二月二十五日，金泳三當選第十四屆韓國總統，這代表韓國結束了自一九六一年朴正熙發動軍事政變後，三十二年來的軍事政權統治。

齡的女友，退伍後他們結了婚。托那次旅行的福，他也「正視」了社會主義的現實。畢業後，他進入了很有可能贊助過那次旅行的大企業。我參加了他們的婚禮，幾個月後我們聚在新婚夫婦家裡一直喝到凌晨，爛醉如泥。等我醒來後，他們已經出門上班了。冰箱上留了一張字條：「對不起，沒打招呼就去上班了。冰箱裡有紅蔘，你喝一包吧。我們早飯就吃這個。我再打電話給你。走時記得關好門，門會自動上鎖。」這對夫妻徹底適應了新的人生。

我們打算到毛澤東的中國去探究社會主義可能性的想法，是「探尋情節」中最常見的「外在目標」。這是為了去旅行的公式化理由，這就好比佛羅多的至尊魔戒一樣。既然是這樣，那一定也存在著隱藏的「內在目標」。我們那時看到了柏林圍牆的倒塌，看到了人民解放軍的坦克，鎮壓天安門示威遊行的隊伍。在此十年前，光州市民的抗爭正是以這種方式遭到踐踏的，身為見證了這一切的我們，說不定在出發以前就已經放棄了對中國的希望。那次旅行應該和股票投資者的虧本出售差不多，那個學弟進了大企業，我去了研究所，在研究所開始寫的小說，成了我一生的職業。

去年冬天，我去了一趟楸子島[3]。平日裡經常去楸子島的人，勸其他初次前往的人貼一下金瑪特。聽到金瑪特三個字，我便想起有生以來第一次坐飛機旅行的事。等船的時候，我幫大家貼了金瑪特，還給大家講了二十三歲那年冬天發生的事。大家聽得津津有味。我沒有貼金瑪特，便上了船。

坐在隨著大浪前後搖晃的船艙裡，我思考起暈機、暈船和暈車。這都是由於眼睛看到的和身體感受到的不一致，才會產生的現象。我們完全沒有動，也就是說我們一動不動地坐在車裡或飛機上，但還是會感到暈眩的話，這就表示大腦判斷出現了緊急狀態。意即，大腦判斷我們吃下了毒蘑菇或毒草，進而命令消化系統吐出食物。司機之所以不會暈車，是因為他們可以預知接下來的動向，大腦則會隨之做好準備。換句話說，大腦的預測和眼前的現實不一致時，便會出現這種現象。我在耳朵後面貼金瑪特所表現出的

3　譯注：楸子島，位於濟州海峽。

無意識，或許正是來自於抵達中國後即將經歷的現實，由此引發的一種對於精神眩暈的恐懼。社會主義中國與書中和想像中的中國完全不同，那不是人人平等、不受壓迫和榨取的國家，而是由共產黨統治的開發獨裁國家。領導人選用了（當時我憎恨不已的）朴正熙、全斗煥的經濟政策，年輕的精英都在仰慕美國，人民的困境令人難以置信。

第一次出國旅行帶給我的混亂和失望，原封不動的沉澱在我的內心深處。如果這是小說中的人物，我或許會這樣描寫在浦東機場遭遇驅逐出境時的心情。

「說不定他知道需要辦簽證，至少他應該打探一下需不需要簽證。可他連這點努力也沒做。他之所以會這樣，是因為他根本不想去中國。當時經歷的精神上的眩暈至今還未淡去。中國是他初次造訪的國家，是打破年輕時幻想的地方。過了這麼多年，他再次來到中國，卻遭到了驅逐出境，但這反倒讓他覺得很平靜。一直推遲的小說這才得以動筆，他決定聽從妻子的話，堅決不出門。這才是他真正期望的。就好比打開祕密的衣櫃，進入屬於自己的納尼亞王國一樣，他打開了屬於自己的那扇門，進入中斷已久的小說故事。就這樣，他墜入了那個每次都感到陌生，但最後總是會受到熱情款待的、不需要簽證的世界。」

面對與期待不符的現實會感到失望，但卻獲得了意想不到的收穫，人生方向因此發生了微妙的變化。事隔多年，當我再次想起那場眩暈的記憶和影響，恍然明白了我是一個怎樣的人。細細想來，旅行於我總是如此。

逃離吸收了所有傷痛的物品

家（應該）是休息的空間，但也是傷口的櫥窗。因此那些描寫家庭根深蒂固之矛盾的小說，都會以長年居住的家為背景展開敘事。……在暫時居住的飯店，我們可以徹底從「看似吸收了所有傷痛的物品」中獲得自由。

我喜歡飯店。

所有人似乎都有過這種經驗，那就是在生活中有時必須重複去做某一件事。定期跟好友見面，彼此問候、交流心聲；徹底的獨處；冒死去探險；喝得爛醉如泥等等。我們在「藥效」即將過去以前，必須再次「服用」這些經驗，唯有這樣才能繼續生活下去。這些已經成了我們內在化的東西，因此如果不去重複，便會覺得難以忍受。我們會將這些非做不可的事合理化，進而促使自己身體力行。

以我的情況來講，我會在生活中懷念以下這種經驗。搭飛機從仁川機場出發，抵達陌生的城市，然後坐計程車前往事先預訂好的飯店，飯店在客人名單中確認我的名字後，會把我帶到房間。我躺在清潔、純白的床上，方才感到安心。

我寫過幾次電影劇本。編劇必須明確了解創造出來的人物，因為一定會有人發問。演員、製片人和投資人會提出這樣的問題：「這個人物是怎樣的一個人呢？」、「這個人物為什麼會做出這樣的行動？」因此編劇必須有問必答。美國的電視劇 DVD 會把導演和演員等人的採訪收錄在附錄裡。在這個也稱之為解說的附錄中，演員會明確定義自己扮演的角色，流暢地解釋出每一集這個角色為什麼會做出這樣的行動。或許這是因為美國的演員非常聰明，對電視劇有著深入的了解。但從某種角度來看，這種個人的傑出則是文化環境的產物。首先，編劇必須了解自己創造出來的人物，然後要有說服力的向導演和演員說明。在多場討論中，演員可以更清楚自己所扮演的角色在劇中發生了什麼事，更能理解人物為什麼會做出這樣或那樣的行動。這與把劇本隨便一丟，希望演員自己看著辦、演好戲的文化截然不同。

美國的劇本創作書裡會教大家，編劇必須清楚了解人物的成長過程、家族關係、思考方式、疾病、政治傾向、性取向、交友關係，以及是否有寵物等等。即使某些設定不會呈現在作品當中，也要掌握得一清二楚。

我之前在大學教過名為「創作研修班」的課，上課的內容是教學生創造故事中的登場人物。學生們創造出來的人物多半都很籠統，每當問他們這個人物是怎樣的一個人時，很多人都會回答：「就是一個平凡的上班族（大學生或公務員等等）。」這時，身為老師的我就會這樣說：

「平凡的上班族？沒有這樣的人物。」

所有人都是不同的，仔細觀察便會發現，每個人都存在著奇怪的地方。身為作家，就是要能窺究出這種「不同」和「奇怪」，創造出活生生的人物。我在創作小說時，會製作一個表格，如果是比重大的人物，就會列出他的外貌、習慣和喜好等等的項目，然後針對選項具體回答問題。這跟做問卷調查很像。最難回答的部分要屬人物的內在了。等到具體回答完道德態度、對於性的想法和政治傾向等十多個選項以後，人物的輪廓也漸漸鮮明了。但在人物內在的部分中，最令我頭痛的要屬「程式」了。諾亞．魯克曼把「程式」解釋為「雖本人不曾察覺，但卻是潛伏在人物無意識中的一種信念。」[4] 比起像口頭禪一樣脫口而出的想法，人類的行動更容易受自己沒有意識到的信念左右。正因為不

4 作者注：Noah Lukeman, *The Plot Thickens: 8 Ways to Bring Fiction to Life. New York: St. Martin's Griffins, 2002, P.29.*

知道，所以更容易受到它的影響。像是「黑人智力低下」的成見，也可以視為程式。當存在種族主義歧視程式的白人遇到取得智力上成就的黑人時，會說出看似讚揚的臺詞：「雖然你是黑人，但真是了不起。」編劇在腦海裡設定的程式成為人物的臺詞，然後通過演員的嘴巴傳達給觀眾時，觀眾便能明確地知道那個人物是怎樣的一個人了。

擴大範圍來看的話，所謂「程式」可以看作是人物潛意識下的思考和行動習慣。比如，有的人遇到糟糕的情況，會把所有的責任怪在自己身上（「什麼事到我手上都會搞砸」）。反之，有的人會把責任都推卸給別人（「我說什麼了？他根本就沒有好好做事！」）有的人物認為凡事應該謹慎小心，所以不會嘗試新的挑戰。與其相反，有的人物則認為不管什麼事先做了再說，事實上他也會這樣做。這都應該算是程式。如果我是電影或舞臺劇的登場人物，而這個人物需要體驗定期到陌生的城市入住飯店的話，扮演我的演員或許會這樣問編劇或導演。

「這個人物說他喜歡飯店。」

「嗯，是那樣的人物。」

「那他應該經常旅行了？」

「常常。」

「那是人物內在的什麼程式促使他這樣做的呢？」

「這個人物認為自己喜歡住飯店，也會開誠布公地告訴周圍的人。」

「那是喜好，不是程式。程式是連人物自己都沒有意識到的信念啊。」

「沒錯。他不知道，就不會說出來。只能通過劇中的矛盾和事件，察覺出長期以來自己內在存在的這種程式。」

「所以我才問那是什麼程式啊？」

「所謂生活的安定感，是在陌生的地方不受排斥，能被接受時才會產生的。一般情況下，人們認為只有在一個地方長期安定下來才會產生安定感，但這個人物不是。他不知道自己存在這種程式，只認為自己喜歡旅行。但他在旅行中真正想獲得的，正是這種生活中鮮活的安定感。」

就像有的人會冒死反覆攀登喜馬拉雅山八千多公尺的高峰一樣，我懷念的是不受素未謀面的人排斥、感受獲得安定感的瞬間。飯店這一場所正是這種體驗的象徵。在寫這篇文章的當下，我似乎找到了程式的根源。我的童年頻繁搬家，因此累積了轉學後等待新同學接受我的經驗。這種經驗成為程式儲存在我的內心。

有的人會讓自己受苦，想要以此證明自己是堅不可摧的。因為當下體驗到的這種安心是如此甜美，所以若想獲得那種甜美，就必須通過痛苦的測試。我也知道「出門在外是自討苦吃」，但我內在的程式會不停地唆使我趕快離開這個舒適的家，到外面吃點苦頭。因此我會前往陌生的地方，在旅途中我初次體驗到的甜美，正是走進預訂好的飯店的瞬間，行李員接過我的行李，前臺知道我的名字。「我再次被接受，而且未來一段時間可以安心了。」這一生我都在重複這樣的模式：1、抵達陌生的地方。害怕。2、但被接受了。3、真是萬幸。很放心。4、很快又會前往下一個地方。

與我不同的是，妻子不喜歡置身在陌生人當中。妻子在家鄉讀完國小、國中和高中，而且從未轉過學。至今她還和那些朋友保持聯絡。妻子是在熟悉的環境下獲得愛與尊重長大的，因此她的程式是「與認識的人長期相處才能享受安定感」。反之，我沒有一個那樣的朋友。每次結交新朋友的時候，我都會在心裡做準備。現在很好，但很快就會分開，然後再也不會見面。我在三十歲那年結了婚，但我沒有給任何一個同學發喜帖，所以沒有同學來參加婚禮。畢業以後，我自然而然地跟那些朋友疏遠了，然後開始努力適應結識新的朋友。這樣的我怎麼會寫了這麼久的小說呢？因為寫小說也是重複同一個模式。我在《殺人者的記憶法》的「作者的話」開頭這樣寫道：

我曾相信寫小說如同孩子玩樂高積木一樣，是我可以任意創造一個世界，然後再加以摧毀的有趣遊戲，但並不是。寫小說就幾近於馬可．波羅去沒有人經驗過的世界旅行一般。首先，他們「要把門打開」，在首次訪問的那個陌生世界裡，我只能在我被允許的時間停留。他們說「時間到了」的話，我就必須離開，就算想再停留也不可以。然後我再次尋找充滿陌生人物的世界，開始流浪。這樣理解以後，我的心裡變得非常平靜。

現在再來讀這段文字，讓我感到意味深長。寫那本小說的二〇一三年，我對於自己為什麼能夠堅持創作，沒有棄筆轉行，已經心裡有數。對我而言，寫小說就是旅行，是被陌生的世界和人物接受的體驗（雖然這世界是我創造出來的）。一想到人類是按照自己潛意識中輸入的程式生活的，不禁讓我覺得自由意志有時也很荒唐。或許人生不是在與眼前看得到的敵人鬥爭，真正的敵人是我們內在的某種幻影，但我們卻毫無所覺。

我喜歡飯店還有另一個理由。飯店不是家，這點是無庸置疑的。但這有什麼不同呢？家是義務的空間，隨處都是必須處理的事情。家裡有洗碗、洗衣服和打掃等馬上可以處理的事情，也有長期擱置的、必須下了很大決心才能去處理的事情。家也是工作的場所。我看到電腦螢幕都會覺得心情沉重。不，我看到書架上的書也會這樣。書是我時時刻刻、不得不去做的工作，但卻總是拖著不去做，書會讓我想到寫作。哪怕是躺在沙發上，它也會讓我聯想到其他作家都在勤快地創作有趣的故事，所以我也應該快點坐到書桌前。

長期居住的家裡存在著傷痕，如同抹不掉的壁紙汙漬一樣，每個角落都附著著各種記憶。來自家人的痛苦，那些從我口中道出的，或是從家人口中聽來的傷人的話都不曾消失，它隱藏在家裡的每一個角落。家（應該）是休息的空間，但也是傷口的櫥窗。因此那些描寫家庭根深蒂固之矛盾的小說，都會以長年居住的家為背景展開敘事。

大衛．席爾在《文學是如何拯救了我的人生》中這樣寫道：

> 痛苦常常與人們居住的場所有關，因此人們能夠感受到旅行的必要性，但那不是為了尋找幸福，而是為了逃離看似吸收了所有傷痛的物品。[5]

5 作者注：大衛．席爾（David Shields），《文學是如何拯救了我的人生》（*How literature saved my life*），金明南譯，書世界出版社，二〇一四年，八十七頁。

在暫時居住的飯店，我們可以徹底從「看似吸收了所有傷痛的物品」中獲得自由。所有的物品都整理得井然有序，即使搞得一片狼藉，退房走人也就罷了。飯店打掃的基本原則是徹底清除之前房客留下的痕跡，就連房客留下的味道都要除去，因此飯店會使用比一般住家更濃烈的清潔劑和芳香劑。每次走進客房聞到的那股味道，明明知道最初那是在模仿自然的某種香氣，但從某一瞬間開始，彷彿抹殺了根源，最後乾脆不去在意了。如今我也接受了那股清潔劑和芳香劑帶來的熟悉味道。每個國家的飯店味道各不相同，但清潔劑和芳香劑特有的、強烈抑制其他殘留雜味的人工香氣卻是相同的。正因為這樣，我們在打開房間大門走進去的時候，才會有一種走進新家的怦然心動。我們明知道幾個小時前有人匆忙退房走人，但在一把拉開窗簾看到窗外風景的時候，即使鼻子仍舊能聞到清潔劑和芳香劑的味道，卻也能忘掉那種顧慮。在飯店總是會有一種重新設定人生的感覺，不光是第一次走進房間的時候，隔天外出回來也是如此。飯店會執意清除所有的記憶，不僅是之前房客的記憶，就連我前天留下的痕跡也會清除，或是稍稍有所改變。電影《今天暫時停止》中的主人翁週而復始的過著每一天，準確的講是過著跟昨天相同的每一天。即使我沒有到這種程度，但住在經營得很好的飯店總會有種跟《今天暫時停止》相似的感覺，彷彿自己一直在重複著與昨天大同小異的今天。就因為這樣，日常瑣事越是繁瑣和傷腦筋的話，旅行地點的飯店越是能帶來滿足感。至少在那一瞬間，我彷彿遠離了那些問題，可以不受任何影響。上天賦予人生的問題越是麻煩，我越是渴望旅行，那是一種對於重新設置的渴望。二、三十歲時，錢存滿一年後，我就會去旅行。有時，還會分期付款買機票去旅行。有學長勸我，把那些錢存起來置辦一間房子。學長的父母在江南擁有十幾間公寓，他結婚的時候得到了其中一間。即使從沒在購房儲蓄裡存過一分錢的人這樣勸告我，我也還是渴望旅行。

我們必須勇於面對人生中難解的問題，但有時也可以選擇逃避。中國古代兵法書《三十六計》的最後一組「敗戰計」收錄了敵強我弱時的戰略。三十六個計謀中，最後一計「走為上」的意思是指，當情況不利時，先退後再等待良機。我們經常說的「三十六計，走為上策」正是出自這裡。近代以後，人類不斷改造環境和世界，繼承了這種精神的自我成長書，向我們傳授著各種可以解決周圍問題的方法。但我一直為古人的智慧深深吸引，所以每當被人生的難題包圍、感受到威脅時，我都會選擇逃離。如今，我們不是在與手持刀劍的敵人拚殺，而是在與消耗自己意志和精力、看不見的敵人展開決鬥。有時，我強；有時，敵強。當敵人的勢力超越我時，我則沒有取勝的辦法。這時，我會使用三十六計的最後一計。

當我置身於清除了記憶的房間，躺在純白色的床墊上，沉浸在重新開始的感覺裡，一點一點獲得面對看不見的敵人的能量時，會發現這不僅僅是心情上的問題。我想，有過這種經驗的人一定會明白的。

唯有當下

不管是什麼理由踏上旅途，我們都會駐足於現在。我們活在當下，但腦海中卻充斥著對於過去和未來的後悔與不安。……旅行會把這樣的我們，從已經流失的過去和尚未抵達的未來中抽離出來，然後放到現在。

翻看之前讀過的小說，我不禁感到很驚訝，因為幾乎記不清裡面的內容了。小說中的某些事還記憶猶新，但相反的有些事就跟初次聽聞一樣。記憶會編輯往事。大腦會儲存發生過的事，只不過有些事會亂放在隱蔽的地方，難以尋找罷了。我的書房也是這樣。有時寫作時，需要參考某一本書，但找來找去最後只能放棄，重新再買一本。因為我知道比起找遍整個屋子，不如在網上訂購一本更快。我的大腦也是如此，在每天吸收的大量訊息中，覺得重要的內容會適當編輯以保留，其他的就會隨便亂放。

從前的旅行沒有任何鮮明的記憶，就如同那些童年時看過，但之後再也沒翻過的書一樣。看照片的話，多少會勾起往事，但很多時候則想不起來那些發生在四方形以外的事了。儘管如此，我還是時不時的會想起一些臉孔，那些在當地遇到的人。他們現在都置身何處，過著怎樣的生活呢？

我第一次去柬埔寨的吳哥窟是在一九九七年。當時，紅色高棉的餘黨還潛伏在密林裡。在那之前兩年，年輕的西方女孩和導遊一起到密林參觀遺址時，不幸遭遇紅色高棉，給槍殺了。因為這件事，便很少有遊客再到這裡來。在我們出發以前，金邊市區還發生了用炸彈暗殺新任總理洪森的恐怖事件。洪森安然無恙，安然無恙到直到我寫這篇文章的現在，他還是柬埔寨的總理。我和妻子搭車從曼谷抵達柬埔寨國境，然後走路跨越國境，最後搭皮卡車前往暹粒。我把當時的事寫進了短篇小說〈你的樹木〉。

從曼谷出發，抵達接壤城市亞蘭。在辦理好簡單的入境手續，踏上柬埔寨的國土時，你的時間開始倒流。在泰國時，你是二十幾歲，但在柬埔寨，你回到了出生以前。赤腳的少年，揹著AK步槍的軍人，一望無際的黃土路。一條界線區分了兩個全然不同的世界。你沒有回頭，毫不遲疑地跟當地人上了帶貨斗的皮卡車。比一噸貨車體積還要小的車上載滿了包括你在內的十六名乘客，迎來雨季的路上，到處都是坑坑窪窪，車身搖晃得厲害。車輪爆了三次胎，就連木橋的接口也坍塌了。就這樣，在車子行駛的六個小時裡，車窗不時吹進來灰白色的塵土，轉彎時擠在皮卡車上的人為了不掉下去，更用力抓緊了把手。

唯一的休息時間是在司機更換輪胎的時候。那時你跳下車，遙望起一直延伸到地平線的稻田。抽一口潮濕的菸，都是那麼清爽。漬滿灰塵和汗水的衣服散發著木瓜的味道。

不知不覺間，車子周圍聚集了一群孩子。你跟一個頭上疏疏落落長著癬的男孩買了一個竹筒飯。你剝開粗糙的竹子，像吃飯糰一樣咬了一口紮紮實實的飯。一輛載滿乘客的皮卡車飛馳而過，揚起了一片塵土。這口飯讓你感到口乾舌燥。一瘸一拐的司機笑著催促大家趕快上車，再次坐上皮卡車的你陷入了沉思，究竟是什麼把自己放逐到這裡來的呢？

雖然當時無暇顧及拍照，但那輛皮卡車至今仍舊歷歷在目。皮卡車一輛接一輛的排在國境處，旅客沒有選擇的餘地，只能依序上車。首先，駕駛席可以坐兩個人，司機操作乘客胯下的變速器開著車。副駕駛席可以坐三個人，但你不能苛求安全帶那種先進的文化產物。就這樣，前面擠了五個人，後面可以再載六個人。值得慶幸的是，車內的十一個人可免於淋雨。車費五十泰銖。車後面的貨斗塞滿了行李，然後行李上面還坐了十多個人。車子就這樣在沒有修的險路上行駛了六個小時，這怎麼可能不爆胎呢。有時，揹著槍的人會突然從密林中跑出來，向我們收取過路費。起初我以為那是紅色高棉的餘黨，還緊張個半死，但經歷了幾次這種情況後發現，那似乎是私設的收費公路。坍塌的橋樑和被雨水沖垮的道路應該是他們修復的，所以才跑來跟經過車輛收費。

我們投宿在暹粒市區的一間民宿。或許是一路上過於顛簸，我剛到住處就感冒發燒病倒了。病了整整兩天以後，我和妻子搭摩托車前往吳哥窟一帶觀看遺址。包租一整天的車加上司機只要五美金，妻子的小腿還被摩托車燒熱的排氣管燙傷了。不管怎麼看，這趟都是一場苦行。

民宿的老闆是海軍陸戰隊出身的韓國人，託他的福我們才能活下來。當時暹粒市區供電不穩定，民宿和餐廳都要自備發電機才能供電。劣質燃油不完全燃燒時散發出的刺鼻味道，令人難以呼吸，而且聲音也十分嘈雜。儘管如此，老闆還是為我煮了一碗韓國的辣拉麵，吃了那碗拉麵我才打起了精神。老闆很會做生意，餐廳一角堆滿了韓國的拉麵和啤酒。二十幾歲的韓國女生在餐廳幫老闆做事，她只有在聊天的時候才會露出燦爛的笑容。有時路過餐廳，總能看到她一個人呆呆地望著遠方。她告訴我們自己當背包客已經很久了，一路上在韓國人經營的民宿打工，然後賺夠旅費再去另一個地方。但她沒說自己去過哪裡，之後會到什麼地方去。我見過很多西方的白人會用這種方式在外漂流幾年，但當時韓國海外旅行自由化剛開始沒多久，幾乎很難遇到像她這種長期在外旅行的女生。

美國作家雷貝嘉・索爾尼在關於走路和流浪的散文[6]中，講述了古代希臘智者的故事，他還提到以思考謀生的人無法停止流浪。哲學家腦袋裡思考的東西，亦即哲學家的思想，有別於玉米那樣的糧食，是無法期待穩定收割的。加上不是所有人都懂得欣賞他們，所以哲學家很難長期定居在同一個地方。這種職業和最具代表性的政治家和農民不同，不會受到人際關係和居住地點的束縛。

6 作者注：Rebecca Solnit, *Wanderlust: A History of Walking*, New York: Penguin Books, 2001, P15.

思考是沒有重量的，智慧和技術也是如此。因此擁有這種無形資產的人，不會受到地域的限制。移動到需要自己的地方，才更有利於生活。同樣的，中國春秋戰國時期的諸子百家也會周遊天下，尋找賞識自己的君主。索爾尼指出音樂家（像荷馬這種吟遊詩人也歸屬在這類範疇）和醫生，也和哲學家一樣過著流浪的生活。我小時候經常可以看到醫生出診，那時還沒有救護車，為了診治臥床不起的病人，醫生只能攜帶簡單的醫療用品出診。西方國家也是如此，愛瑪．包法利的丈夫夏爾就是到處給人看病的醫生。

韓國從前的音樂家和表演盤索里[7]的人也都過著流浪的生活。電影《西便制》講述的就是一對父女四處遊走靠表演盤索里謀生的故事。盤索里與吟遊詩人荷馬做的事很相似，他們都會配合音樂把故事說唱給大家聽。至今為止，不管是古典還是大眾音樂，音樂家也會到各地進行表演。

7 譯注：盤索里是一種朝鮮傳統曲藝形式，發源於朝鮮王朝時期的全羅道。「盤索里」一詞由「盤」和「索里」組成。「盤」意為場所，「索里」指「說」和「唱」。表演時，一人坐地擊鼓，一人站立說唱。

那麼小說家是怎樣的呢？我是專職小說家，因此不受地域所困。構思故事和執筆能力都是無形的，所以我可以居住在任何地方。全世界很多作家會離開自己出生成長的地方，以紐約、巴塞隆納、倫敦和巴黎等地為中心進行創作。曾幾何時，我也嚮往過那樣的生活，但可以過上那種生活的人，都是用英語或西班牙語寫作的作家。像是馬利歐·巴爾加斯·尤薩（Mario Vargas Llosa）出生在祕魯，卻生活在馬德里；智利女作家伊莎貝·阿言德（Isabel Allende）則定居在加利福尼亞；薩爾曼·魯西迪（Salman Rushdie）出生在孟買，之後移居到倫敦，現在則定居在紐約。作家帶著腦袋到處走並非難事，但啟動大腦的軟體則是由母語打造出來的。作家會受限於母語。出於這種意義，法國作家勒·克萊喬（J.M.G. Le Clezio）曾說：「母語就是我的祖國。」因此除了亡命和逃難等特殊情況，歸屬在少數語言圈的作家，都會希望留在如同羊水包圍的舒適母語環境下。我暫居在紐約的時候，已經迎來了網際網路時代，只要點擊進去就可以看到韓語的新聞和部落格。在哥倫比亞大學的圖書館裡，不光南韓，就連北韓的資料也可以接觸到。但這些並不能滿足我。如果說語言是創作的燃料，那燃料也會有等級之分。不論何時與作家同僚見面都會令我很開心，因為大家會用同一時代最高水準的語言，以全新的方式討論獨特的話題。語言無時無刻不在變化，對語言敏感的作家會立刻識別出過時的詞彙。遠離這種語言環境的話，會感受不到語言的變化，對語言的新鮮度也會變得沒有那麼敏感。身為作家，比起宏亮的聲音，更應該注意聆聽那些喃喃細語。很多時候，人生最深刻的真諦都隱藏在那些沒有自信的、小心謹慎的低聲細語裡。若想聽清那些喃喃自語，就必須靠近說話者，側耳聆聽。

如果是作家，至少都會被問到這樣的問題：「您會從旅行中獲取靈感嗎？」我幾乎沒有從旅行中獲取過靈感。假若真的存在靈感，那它多半來自於我的母語，而且都是在我躺在家裡的時候找上門來的。經常會聽到有人說：「當作家可真好，走到全世界哪裡都可以寫作吧？」當然，走到全世界哪裡都可以寫。《黑色花》的前半部分是在瓜地馬拉的安地瓜完成的，《我聽見你的聲音》是在紐約創作完成的。但就只有這兩部作品而已。我去過全世界很多的國家和城市，也在同一個地方住過幾年。但至今為止，我出版過的二十多部作品中，只有這兩部是在母語領土以外的地方創作的。就連遊記都是我回到家以後才寫的。我不會為了獲取靈感，或是創作而出國旅行。相反的，為了遠離這些，我才會踏上旅途。正如做激烈的運動會讓人無法思考，最終獲得精神上的放鬆一樣。在沒有雜念、四周聽不到母語的地方，我才能感受到平靜。母語成就了現在的我，現在我能夠察覺出母語中微妙的語感和跡象、徵兆和韻味，以及說話者隱藏的意圖，因此我很難再從中獲得真正的平靜和休息了。有時母語會抓傷我，傷害我，甚至拷打我。雖說使用母語是我的工作，但這始終未曾讓我感到舒心。

像寫〈你的樹木〉那樣，有時我也希望把在旅行地點發生的事寫出來，但「靈感」總是在回家以後才得以閃現。旅行期間，所有的一切都是以現在進行式展開的。搭乘超載的皮卡車移動，坐在摩托車後面進入密林深處，被突然出現在眼前的龐大遺址和猛烈生長、彷彿要摧毀遺址的參天大樹震撼。我是經歷這一切的主體，而超越主體的鮮活現在就擺在眼前。對於過去的後悔和眷戀，對於未來的不安和擔憂都可以退到遠方，這是平庸的人類體驗超然的瞬間。像這種抹去自我，感受現在比任何時候都存在巨大意義的超然體驗，必須在經過一段時間以後才能化為文字。等到把經歷的一切化成文字以後，才能成為「想法」流通。與古代希臘不同的是，如今不用親自帶著自己的想法到處遊走了，它會編輯成書，通過商人和書店自行流通。

想法和體驗的關係，就好比散步時的狗與主人。有時我們會根據想法體驗一些事，有時體驗也會帶來一些想法。現在的經歷會整理出未來的想法，想法的結果會促使我們再次付出行動。不管是什麼理由踏上旅途，我們都會駐足於現在。我們活在當下，但腦海中卻充斥著對於過去和未來的後悔與不安。一覺醒來，先是回想昨晚不該說的話，等到了晚上又會翻來覆去擔心起未來。不做後悔的事，躲避不安的未來才是上上策，結果拖到最後一事無成。旅行會把這樣的我們，從已經流失的過去和尚未抵達的未來中抽離出來，然後放到現在。旅行結束後，我們會把有意義的經驗轉換成想法進行儲存。雖然我沒有為尋找靈感踏上旅途，但無法否認的是，一路上積累的經驗塑造了現在的我。我會督促現在的自己再次踏上旅途，活在當下，唯有當下。

旅人，Homo Viator

對於必須移動才能謀求生存的人類而言，旅行或許是保留至今的進化痕跡和文化。儘管旅行充滿了疲累和危險，而且還需要大量的經費，但人類還是沒有放棄旅行。不僅如此，進入網路時代以後，旅行反而變得更加活躍了。

未來的機器人會去旅行嗎？如果人工智慧比現在更發達，《銀翼殺手》中難以區分機器人與人類的時代來臨時，機器人會像現在的人類一樣，毫無緣由的踏上旅途，前往陌生的地方嗎？如果是工作出差或許還有可能，但機器人應該不會像人類一樣放暑假，或是去當背包客。這種旅行不但消耗精力，也很耗費金錢，有時還存在危險性。設計師應該不會考慮給機器人加入這種旅行功能，假若機器人真的去旅行了，也會被視為軟體的問題，或者更可能當成是機器叛亂。

如此看來，人類真是奇怪的物種。記得網路剛剛普及的時候，很多未來學家都預測說旅行需求會因此而減少，他們認為人們再也不需要親自前往紐約或巴黎，只要躺在家裡的沙發上就能走遍全世界。他們還預測說電視會取代戲院，影音播放器普及的時候，也給出了相同的展望。但至今為止，到戲院看電影的觀眾仍在穩定增長。人們還是會打扮起來走出家門，到空氣混濁的戲院，忍受鄰座咀嚼爆米花的聲音觀看電影。

很久以前，Google 便設計出彷彿身歷其境參觀全世界知名美術館的軟體。擠在人滿為患的知名美術館裡，我們很難靜心欣賞名畫。但如果使用 Google 藝術與文化的軟體或是進入網站，不但可以體驗彷彿走進美術館的三百六十度虛擬環景，還能一覽分散在全世界各地的楊・維梅爾（Jan Vermeer）的名畫，更能像是用顯微鏡一樣仔細地欣賞。除了沒有親身前往以外，從其他各個方面來看都比親臨現場賞畫好。雙腿不會痛，還能節省門票。但儘管如此，我們還是想要飛過去，渴望置身在美術館裡切身去體驗。

加布里埃爾・馬塞爾（Gabriel Marcel）把人類定義為「Homo Viator」，意指旅人。人類永不停止移動，這種本能在我們的體內根深蒂固。人類與類人猿共享了百分之九十七以上的 DNA，卻也存在著絕對性的差異。大猩猩、紅毛猩猩和黑猩猩的活動量明顯低於人類，它們全天大部分的時間坐在原地不動。醒著的十多個小時不是打理身上的毛，就是休息，睡眠時間也超過九個小時以上。因此研究類人猿的學者感到很好奇，為什麼牠們不運動，還不會得人類的代謝症候群或是心血管疾病呢？就連動物園裡的黑猩猩也不會得高血壓或是糖尿病。為什麼人類每天活動量那麼大，卻還是會生病呢？與類人猿不同的是，最早的人類從樹上下來後便開始行走與奔跑。坦尚尼亞的哈扎族人每天平均移動九到十二公里的距離，這相當於美國人平均一個星期散步和跑步的距離。

人類的速度沒有獵豹快，更沒有獅子鋒利的牙齒和利爪。但人類卻擁有著驚人的移動能力和耐力。BBC紀錄片《人類哺乳動物，人類獵人》（*Human Mammal, Human Hunter*）的開場旁白說道：「人類是一種特殊的哺乳動物。[8]」在這部紀錄片裡，我們可以看到早期人類的捕獵方法，生活在喀拉哈里沙漠的某一部落，展開了集體狩獵大種彎角羚羊，他們的狩獵方法與至今為止我想像中的狩獵方法很不同。這些人會跟隨獵物的味道和足跡不停地奔跑，當其中一個目標脫離群體被孤立時，這些人仍然不放棄追趕。炎炎烈日下，他們追趕羚羊跑了足足八個小時。這些人狩獵成功的原因不是因為有人弓箭射得準，或是有人長槍投得厲害，而是因為羚羊跑到虛脫屈膝跪在了地上。就這樣，這些人手持長槍慢慢靠近獵物。精疲力盡的羚羊眼睛一眨一眨的像是放棄了求生的希

8 作者注：YouTube上可以看到這部熱門的紀錄片，在寫這篇文章時，影片已有五百五十萬次的點擊率。

望，徹底把自己交給了這些執著不懈追趕而來的捕食者。這些人用長槍殺死獵物後，會撒上塵土，並且誠摯地撫摸羚羊的頭和身體，以此向被自己追趕了八個小時的羚羊表示尊重。[9]

二〇〇七年，由哈佛大學的考古學系和猶他大學的生物學系組成的聯合研究小組，經過研究得出了與 BBC 紀錄片相似的結論，原始人類會一直追趕獵物，直到獵物虛脫倒地為止。[10] 通過這部紀錄片，我們可以知道人類是怎樣的存在，也可以知道我們是怎樣進化而來的。人類直立行走，無止境的行走和奔跑，正是區別於其他哺乳動物的優點。有的人類會移動到很遠的地方，他們從非洲出發，移動到格陵蘭或是北極圈。從蒙古出

9 作者注：據悉居住在墨西哥高山地帶的塔拉烏馬拉人（Rarámuri Indians）也會使用類似的疲累 run-down 方式執著不懈地追捕獵物。來自這個部落的羅雷娜・拉米勒斯（Lorena Ramírez）在二〇一七年四月舉辦的 Ultra Trail Cerro Rojo 越野馬拉松上，擊敗了來自全世界十二個國家、五百多名的跑者拿下了冠軍，並因此一夜成名。更加令世人驚歎的是，她是穿著拖鞋和過膝的長裙跑完五十公里的。拉米勒斯沒有穿頂級的跑鞋，也沒有穿吸汗、透氣的特殊材質運動衣。

10 作者注：Daniel E. Lieberman and Dennis M. Bramble, 2017.「The Evolution of marathon Running : Capabilities in Humans.」Sports Medicine 37(45): pp.288~290.

發的部落，穿越封凍的白令海峽抵達美洲大陸，創造了馬雅和阿茲特克文明。

二〇〇三年，我逗留在美國的愛荷華大學。當時學校舉辦了一個為期三個月的國際寫作計畫，邀請了來自全世界各地的作家。愛荷華州是位於美國中西部一個以種植玉米、大豆等農業經濟為主的地方，但（或許正因為這樣）愛荷華大學卻以寫作系久負盛名。這樣的地方很適合寫作，因為完全沒有能分散注意力的地方。想要登上美國文壇的學生，和教授他們的知名作家，都出自這個只有五萬人口的小城市。為了不斷呻吟無聊和膩煩的作家，主辦方偶爾會帶我們出去走一走。

有一天，主辦方說要去看美國原住民遺址，於是我也跟著去了。當時距離出版《黑色花》沒多久，為了寫那本小說，我去了瓜地馬拉的提卡爾和猶加敦半島一帶大規模的馬雅文明遺址，所以覺得愛荷華平原的美國原住民遺址相對遜色了很多。之所以把這裡稱為雕像古冢國家保護區（Effigy Mounds National Monument），是因為那些面向黃石河的小山丘。僅此而已。愛荷華市之所以沒有成為知名的觀光地，都是有原因的。我們下車後，開始往上坡走。或許是因為幾個月來只能瞭望到地平線的關係，所以當大家看到平原和蜿蜒流淌的江水時，都顯得十分高興。

「這些山丘都是原住民堆起來的。」

擔任導遊的活動負責人指著我們腳踩的山丘說道。很久以前，居住在這裡的原住民從遠方運來泥土，在江邊堆積起了人工山丘。雖然山丘不高，但在沒有重型裝備的年代，僅靠人類的力量是很難堆積出這樣的高度的。

「為什麼？」

我問道。

「基本的用途是做墳墓。還有種說法是，堆積山丘是為了祭祀先祖和與先靈溝通。從幾千年前開始，這些名為造墓者的人，就在密西西比河以東一帶堆積這種大型山丘，用來埋葬身分高貴的人了，光是愛荷華州就有很多這種山丘。為什麼選在江邊，為什麼堆積這麼大的人工山丘，考古學家也不知道明確的理由。」

但我很快知道了其中的原因。

「背山臨水。」

可能沒有人明白我的意思，我也沒有特意翻譯給他們聽。東亞的一些民族不把人葬在平地，而是葬在山上，最好能面向江河，因為他們相信這樣的地理位置很吉利，可以給子孫後代帶來好運。

葬禮習俗世代相傳，不會輕易有所改變，因此考古學家可以根據這種習俗推測出這些人來自何方。這些橫跨大平原，在江邊定居下來、屁股上長有青斑的種族，認為身分高貴的人死後必須堆積山丘下葬。或許他們下意識地受到某種壓力，所以必須不斷思考人死後要如何葬在江邊。

山丘上可以看到長滿青草突起的墳丘，這是我們很熟悉的風景。到慶尚北道的高靈或釜山的東萊都可以看到這樣的古墓[11]。這不僅讓我重新思考起了永不停止、一直移動

11 作者注：也有效仿熊或鳥模樣的墳墓。西伯利亞、滿洲和韓半島北部的薩滿教徒把鳥看作是神的使者，豎

的人類文明。這種移動本能烙印在了我們的遺傳基因裡。對於必須移動才能謀求生存的人類而言，旅行或許是保留至今的進化痕跡和文化。儘管旅行充滿了疲累和危險，而且還需要大量的經費，但人類還是沒有放棄旅行。不僅如此，進入網路時代以後，旅行反而變得更加活躍了。

據世界旅遊組織統計顯示，在尚未普及網際網路的一九九五年，全世界有五億兩千萬人到其他國家旅行。截止二〇一六年，旅行人數翻倍高升至十二億四千萬人。一九九五年，全球搭乘飛機的旅客約有十三億，二〇一七年劇增三倍高達三十九億人。這些統計告訴我們，人類不僅不會放棄旅行，反而隨著科技的發展更希望移動到其他的地方。也有人預測 VR 或 AR 這種虛擬現實技術將取代旅行，但縱觀歷史，這種可能微乎其微。就在現在，全世界各地的「Homo viator」都在整裝待發，準備踏上旅途。

起的長桿正是信仰的痕跡。對於崇拜熊的傳統，沒有人比韓國人更清楚了。

懂也沒用的神祕旅行

我非常喜歡旅行的理由之一是，可以通過旅行擺脫威脅現在的兩大陰影：對於過去的後悔和對於未來的不安。……旅行讓我們駐足於現在，促使我們從日常生活中的擔憂、後悔和留戀獲得解放。

1

大學畢業以後，除去當兵那幾年，我幾乎每年都會收拾行李出門旅行。在數不盡的旅行中，最奇怪的旅行是哪一次呢？我想應該是與二〇一七年到二〇一八年播出、與《懂也沒用的神祕雜學辭典》有關的一系列旅行了。總覺得這個節目的名稱像是來自波赫士（Jorge Luis Borges）的短篇小說，而且就連製作過程也很像波赫士和卡夫卡的小說，充滿了奇異和幻想。我曾經說過：「所有的旅行要等結束以後，過了很長一段時間才能知道它意味著什麼。」這句話也適用於這個節目。

最初從郵件收到提案的時候，我只知道這是一個邀請各方面的學者聚在一起自由暢談的節目。但在初次與負責節目的製作人見面時，卻被問到：「您喜歡旅行嗎？」從出生到現在，很多人問過我同樣的問題，但每次認真思考過後，我給出的答案總是模稜兩可。二十多年前，我每年都會出國旅行，有時一年會出國很多次。都說判斷一個人不能只聽他說了什麼，還要看他的行動，所以從這點來看，我不僅是喜歡旅行，簡直可以看作是一個不旅行會死的人。可是當我聽到這樣的問題時，還是會舉棋不定。過去抽菸的時候也是這樣。從前我每天會抽一盒以上的菸，但當有人問我「你很喜歡抽菸吧？」的時候，我總是不知該如何回答。既然如此，對我而言，旅行算是一種中毒嗎？很有可能是這樣。

《懂也沒用的神祕雜學辭典》（以下簡稱《懂沒神雜》）是一個旅行節目，嘉賓們會前往其他城市，然後再返回首爾。大家一起出發，但等抵達目的地以後便會分開各自旅行，然後到了晚上再聚在餐廳聊天。跟所有的聊天一樣，我們的對話也會延伸到意想不到的方向（大部分都是這樣）。我們會在深夜或是隔天一早返回首爾。跟大家一起出發，然後各自旅行，到了晚上聚在一起聊天，雖說這不是一件尋常的事，但也沒有那麼奇怪。真正奇怪的地方在於，嘉賓、製作團隊和電視觀眾要如何來體驗這種旅行。

第一季的第一個拍攝地點是慶尚南道統營市。我們搭上巴士前往目的地後，沒有收到製作團隊的任何指示，他們只是再三對我們說：「請隨意去旅行吧。」如果想跟其他人同行也可以，自己一個人也沒有問題，隨心所欲行動，只要在指定時間抵達晚餐地點就可以了。我們成了被放逐在野生動物園裡、毫不危險的動物。我們任意四處遊走，製作團隊一路跟拍。嘉賓們解散後，開始了各自的旅行，大家都先去吃了午餐。那一瞬間，決定了這個節目的重要特性。

我到碼頭附近的中餐廳吃了海鮮炒碼麵，然後獨自駕駛租來的車去了統營國際音樂廳和朴景利紀念館。為了紀錄我的所到之處以便日後剪輯，一名攝影師、一名執行製作和一名節目編劇與我同行。執行製作也會拿著一臺攝影機，一路跟拍攝影師捕捉不到的角度。租來的車裡車外安裝了數臺小型攝影機。從早上大家集合後開始，嘉賓的一舉一動、講的每一句話都會拍攝下來。因為行程從早到晚，所以每臺攝影機至少會拍下每個嘉賓至少長達十八個小時的影片。旅行結束返回首爾以後，執行製作會一邊看這些影片，一邊進行剪輯，光是看完這些影片就需要很長的時間。星期六出發，星期日上午回來，然後開始剪輯工作的話，只剩下五天的時間。在這五天裡，製作團隊必須先看完所有的影片，然後決定留下哪些部分，剪掉哪些部分。最後把每個嘉賓的十八個小時旅行，做成一個半小時的節目。光是吃晚餐時的談話一般就有五個小時，最長的一次是第三季的晉州篇，那次足足拍了七個小時。製作團隊還要確認嘉賓講的內容是否屬實，如果小細節有誤的話，還要用字幕加以補充。但如果內容完全違背事實，很遺憾那段內容就要全部剪掉。因為根本沒有劇本，所以嘉賓講的內容難免會出現錯誤。當我們聊到觀眾難以理解的內容時，還要另外製作電腦特效圖，再加入字幕。這些工作必須在五天之內完成。製作團隊要整理出龐大的旅行紀錄，編輯剪接，確認所談內容正確無誤後再加入適當的字幕。為了完成這些工作，大家幾乎是徹夜趕工。與此同時，他們還要準備下一個旅行地點。一些工作人員必須事先到旅行地點探訪嘉賓會去的地方，還要決定適合晚餐時聊天的場所。所有的工作必須要在星期五晚上以前準備就緒，等到了節目的播出時間，製作團隊在電視臺，嘉賓在各自的家裡觀看最後完成的剪輯版本（聽說有時工作人員在節目播出的時候還會剪輯後半部的內容。時間真的是非常趕。）

這種旅行讓我覺得最奇怪的瞬間，便是每個星期五晚上節目播出的時候。在這以前，我的所有旅行都是第一人稱，以我自己的視角觀看、感受和體驗世界，因此看不到自己的樣子。

這讓我想到了一個日本諧星的故事。那個諧星買了一輛價值連城的保時捷，但他發現自己駕駛的時候，看不到自己的樣子。於是請來朋友駕駛自己的保時捷，自己坐在計程車上跟在後面。諧星告訴司機，那輛保時捷是自己的，還問司機覺不覺得那輛車很酷。司機哭笑不得，反問他說你怎麼不親自駕駛呢？諧星回答說：「您是傻瓜嗎？我去駕駛的話，不就看不到了嗎？」

司機跟旅客一樣都是第一人稱。汽車就是這樣的設計，比起欣賞自己的駕駛英姿，觀察周圍發生的事更加重要。旅行也是如此，雖然到了景色優美的地方，但事實上這都是第一人稱在經歷的事。出於這種遺憾，我們會拿出相機自拍，但事實上自拍也是第一人稱映射出來的。我看著鏡頭，鏡頭拍下我，這絕對無法成為第三人稱。

但身為《懂沒神雜》旅行節目的嘉賓，我可以站在第三人稱的角度看到「旅行中的自己」。多臺攝影機自始至終跟拍，我根本無法擺脫鏡頭。八個小時裡，自己講的話和部分行動會毫不掩飾地呈現在自己面前。我帶著有點難為情的心情觀看著電視畫面。人們在照鏡子時，會下意識地把臉轉到自己喜歡的角度，因此在看到毫無防備時拍下的快照，都會覺得那不是自己。那麼如果是八個小時的影片呢？我初次看到了意想不到的拍攝角度下的自己。畫面中的我正在旅行，我會回答工作人員提出的問題，也會向他們講解些什麼（他們都站在鏡頭後面，只以聲音存在於畫面裡）。我會說一些毫無意義的事，或是腳踏鴨子船的踏板，再不然就是躺在觀光船的甲板上。事隔數日後，我才能在節目上看到旅行時自己的這些樣子。

而當節目播出時，我才能看到其他嘉賓的旅行。拍攝節目的過程中，關於其他嘉賓的旅行，彼此只能用聽的。那個人去了哪兒，看到了什麼，完全只能依賴他講的話。正因為這樣，如果他想吸引其他嘉賓對自己的旅行產生興趣，就必須繪聲繪色的講出自己的所見所聞。在座的其他嘉賓聽到他的描述，只能想像那個自己不曾到過的地方，然後做出「啊，是這樣？」的反應。《懂沒神雜》的另一個奇怪的地方便是間接性。明明大家是一起出發去旅行的，可在晚餐的餐桌上，卻只能傾聽其他嘉賓的旅行故事。

負責最終剪輯的總製作人也跟我們一樣。總管節目的總製作人和節目編劇會利用一下午的時間布置晚上聊天的場所，偶爾他們也會跟隨嘉賓，但也只能跟隨一個人罷了。總製作人會通過攝影師拍攝的影片間接地體驗嘉賓的旅行，但他不可能看完所有的影片。八個小時乘以四，就是七十二個小時。在這裡會出現一種卡夫卡式的狀況。即使有十幾個人參與這個節目，但卻沒有一個人體驗過完整的旅行。

第一季的第二個拍攝地點選在全羅南道的寶城。雖然當時已經是第二次錄影，但第一集還沒有播出。我們依舊自由的旅行，交談時暢所欲言。大家都很好奇這樣真的可以做出節目嗎？最終的剪輯版本會是怎樣的呢？我們在筏橋邑中途休息的時候，一位嘉賓問總製作人和節目編劇，這到底會成為怎樣的一個節目呢？我們這樣可以嗎？因為嘉賓們尚未看到剪輯完成後的影片，所以都沒有看到節目中第三人稱的自己。我們聽從製作團隊的指示，各自旅行，然後圍坐在餐桌前交流，但整個過程不可能都播出去，節目只會播放其中很少的一部分。既然是這樣，他們要如何在這麼龐大的內容中取捨呢？我猜沒有人不對此感到好奇。但那位成功製作了無數綜藝節目、有著輝煌業績的總製作人和節目編劇卻一直對我們說，自己也不清楚，只能等剪輯出來以後才能知道。提問的嘉賓感到很費解，但總製作人的這番話的確是出自真心，他們也要等看到助手剪輯出來的內容才能知道我們去了哪裡，說了什麼。只有在看過最終完成的剪輯版以後，他們才能大致推測出節目的性質。如果助手最初直接把自己認為沒有意思的部分剪掉的話，那麼最終負責剪輯的總製作人根本不可能知道有過這一段存在。

法蘭茲．卡夫卡（Franz Kafka）的小說《城堡》中，登場人物是一位尋找城堡的建築工程師 K。他不停地跟人打聽，城堡在哪裡？人們指東指西，偶爾還會遇到說他早已置身在城堡裡的人。我們一起錄製節目，可以說已經置身於節目當中了，但卻沒有人知道自己身在節目中的哪個位置。自己講的話和做出的行動，或許會通過最終剪輯傳達給觀眾，但也有可能被剪得一乾二淨，不留痕跡。從內容來看，十八個小時裡嘉賓的一言一行大部分都會被剪掉。這時，嘉賓會覺得自己尚處在卡夫卡「城堡」之外。但也有少數的嘉賓下意識地走進了「城堡」，不過他本人沒有察覺到這一點。不，應該說參與節目的所有人都沒有察覺到這一點。因此只有當剪輯完成的版本播出時，嘉賓才會感悟到自己被丟進了一種卡夫卡式的狀況。但當下卻什麼事也做不了，因為在現場得不到製作團隊的任何指示，他們也都是全然無知。嘉賓的發言在當時看來或許是毫無意義的，但通過剪輯與其他嘉賓的發言放在一起時，也會誕生出新的內容脈絡。相反的，如果這話題現場覺得有趣，但不符合節目整體走向的話，執行製作也會把它剪掉。所有的一切都要等節目播出以前才能決定下來。在場的所有人，只能在黑暗和無知中尋找那座城堡。

正因為這樣，從畫面上看這個名為《懂沒神雜》的奇怪之旅，或許很像是輕鬆愉快、吵吵鬧鬧的郊遊，但如果深入其中的話，便會發現這與尋找「城堡」的建築工程師K，以及約瑟夫．康拉德（Joseph Conrad）《黑暗之心》的旅途大相逕庭。置身於這種狀況的嘉賓必須選擇一種態度。《懂沒神雜》的嘉賓大部分都是沒有上電視經驗的學者，因此有別於專業的藝人。就這樣，我們被丟進了名為真人秀的陌生世界，所以只能各自以參與節目前面對世界的方式探尋出路。

有的嘉賓想要控制狀況。他們假設至少應該有一個人清楚地了解節目的定位，於是事前向製作團隊詢問節目的性質和剪輯方向，然後針對之前播出的節目進行分析，好採取最佳的行動。在實驗性的環境中，希望控制變數，追求不受汙染的結果。這樣的嘉賓把希望寄託在了現代性，希望以此克服這種卡夫卡式的狀況。

與之相反，也有願意跟隨卡夫卡觀點的嘉賓。卡夫卡通過一系列的作品，展現了在現代複雜的體系中，人們難以掌握自己身在何處，又要去往何方。不，或許連那個目的地是否存在都沒人知道。從這一觀點出發，可以選擇的態度便是不可知論。反正無人知曉，那就把一切交給偶然來決定吧。這種態度，雖說可以降低控制未知的衝動，但必然會產生束手無策的無力感。

因此長期活躍在電視上的專業藝人會分成兩種類型，一種是不管怎樣都要控制節目的人。哪怕是很小的因果關係，他們也要在自身的努力和成果之間找出來。雖然這次不夠完美，但也不會放棄下一次控制得更好的希望。這是文藝復興之後人類做出的選擇。人們相信合理性，相信可以通過科學性的進步來改變、完善世界與人類。這就是現代性。

另一種是無條件地信賴他人。這種類型的人會把希望寄託在有能力、有威望的製作人和他的團隊上。我經常會聽到有人說：「如果是某某製作人的話，那就值得信賴。」這是文藝復興以前支配人類的態度。換句話說，這種態度以絕對的信賴回歸了。

我存在這兩種層面，有時會想要通過預測控制結果，但也有想要全心全意信賴製作團隊的瞬間。但從整體來看，我更接近伊比鳩魯或是斯多葛主義學派的立場。換句話說，過去的已經過去，未來尚未到來，所以無人知曉。既然如此，那就享受現在吧。什麼是現在呢？現在就是我正在旅行，在與其他嘉賓暢談各種話題。事實上，放棄未來、注重當下的想法，是我在所有旅行中選擇的態度。

我非常喜歡旅行的理由之一是，可以通過旅行擺脫威脅現在的兩大陰影：對於過去的後悔和對於未來的不安。旅行的過程中，我們會處在一種危機狀況，在陌生的地方和陌生的人之間，必須確保有吃有住、謀求安全。唯有當下是最重要的、存在意義的。正如斯多葛主義學派的哲學家反覆強調的那樣，只有減少對未來的擔憂和對過去的後悔，著眼於現在時，人類才能接近毫無動搖的平穩狀態。旅行讓我們駐足於現在，促使我們從日常生活中的擔憂、後悔和留戀獲得解放。所以最後我得出了這樣的結論。好吧，我在旅行，製作團隊在做節目，觀眾或許只能看到其中極少的一部分。不要去尋找「城堡」在哪裡，還是來享受現在吧。瞬間是唯一的，是不可能再來的。這樣一來，我心裡稍稍的……不，應該說心裡舒服多了。

第一季結束後，又回到了清閒的日子，我利用重播收看了旅行期間漏看的幾集節目。

站在觀眾的立場，以第三人稱看自己是很有趣的經驗，看到其他嘉賓旅行時的樣子也非常有趣。晚餐時大家聊到的很多地方，我都無法在腦海中勾勒出具體的樣子。但看到畫面以後，當時講的那些話才讓我感到栩栩如生。我也跟觀眾一樣，等於是通過其他嘉賓間接地旅行了。我明明跟大家一起去了雅典、全州、佛羅倫斯和釜山等地，但我所到之處不過是那個城市極小的一部分而已。其他嘉賓也是如此。既然是這樣，我們能說自己到過那個城市嗎？這難道不是跟朝鮮時代的兩班[12]遊覽金剛山，只使喚下人到山頂走一趟一樣嗎？事實上，不管是東方還是西方，二十世紀以前，辛苦的旅途都會派下人前往，社會地位高的人不會輕易去冒險。二十一世紀的我們會笑話那些派人旅行、坐聽遊記的歐洲貴族和朝鮮兩班，但我們跟他們究竟有什麼不同呢？

12 譯注：兩班，古代朝鮮貴族階級，雛形出現在朝鮮三國時代，主要形成於高麗國、朝鮮王朝時期。朝儀時，「武官」位於西邊，又稱為「武班」或「西班」；「文官」位於東邊，又稱「文班」或「東班」，由此構成兩班。

2

法國哲學家皮耶・巴亞德在名為《如何講述沒有旅行過的地方》的書中，將這種旅行稱之為「非旅行」或是「脫旅行」。巴亞德以從未離開過柯尼斯堡、卻教授地理學的伊曼努爾・康德（Immanuel Kant）為例。此外，他還提到了儒勒・凡爾納《環遊世界八十天》中的主人翁菲利斯・福格。雖然福格在八十天內環遊了世界，但他採用的卻是有別於我們傳統上熟知的旅行方法。比如，當他抵達蘇伊士後，非但沒有下船，反而一直待在船艙裡。

抵達蘇伊士後，他請人把午餐送到客艙，完全沒有下船遊覽一下這座城市的意思。因為他屬於那類英國人，因此所到之處都只派下人下船巡視一圈。[13]

福格的目標是儘可能縮短在旅行地點逗留的時間，但他對自己經過的地點瞭如指掌。福格比任何人都精通地理學。巴亞德認為福格的這種態度不會令他沉淪在旅行地點的細節裡，反而有利於擁有全方位的視角。

旅行期間一直待在船艙內的想法，突顯出當我們接近某一個地點時，最重要的是想像與反思。所到之處，福格都沒有浪費寶貴的時間，因此他才能更加徹底地專注於自己所做的事情。[14]

13 作者注：儒勒・凡爾納（Jules Verne）《環遊世界八十天》。皮耶・巴亞德（Pierre Bayard）《如何講述沒有旅行過的地方》（*Comment parler des lieux ou l'on n'a pas ete?*），金炳旭譯，夏日山丘，二〇一二年，四十六頁。

14 作者注：皮耶・巴亞德《如何講述沒有旅行過的地方》，金炳旭譯，夏日山丘，二〇一二年，五十九頁。

但是比起這種「非旅行」，《懂沒神雜》更接近於所謂的「脫旅行」。脫旅行是指，派遣信任的情報員代替自己去旅行。巴亞德以作家愛德華．格里桑特（Edouard Glissant）舉例，晚年的格里桑特打算寫一本關於復活節島的書，但由於自己的身體狀況不佳，只好派妻子代替自己前往。格里桑特以妻子拍攝的照片、影片、筆記和對那裡的印象為基礎展開創作。針對這種分工合作，巴亞德說過以下這番話：

這種將肉體和精神分開的明智之舉一定存在很多長處。這樣做的話，只要一個人承擔所有物理上的風險，另一個人就可以仔細洞察該場所，並展開實質的文字重現工作[15]。

派遣別人代替自己去旅行，日後自己再來重現旅行的過程，這有什麼長處呢？巴亞

15 作者注：同前注，六十五頁。

德把這種行為稱之為「甘願接受他人」。藉由他人來體驗自己旅行時錯過的一切，動員想像力復原他人錯過的什麼。這會讓我們的精神世界變得更加豐富多采。

> 我們的想法中參雜著他人的觀點，當那個對象是場所時，便會與傳統的旅行結合——在全能的幻想裡試圖支配未知的世界——體驗一種對立。我們把這種讓精神世界變得豐富多彩的旅行命名為脫旅行[16]。

我們經常會說自己到過哪些地方旅行，但我們並沒有徹底走遍那座城市。就算是那座城市的居民，也無法說自己真正地了解整個城市。同樣的，我生活在首爾，但我所了解的地區卻是非常有限的。可是當外國人提出關於首爾的問題時，我還是會擺出對首爾的一切瞭如指掌的架勢。有時遇到的外國人讀過關於首爾的書，所以他們比住在首爾的

16 作者注：同前注，七十五頁。

我還要了解這座城市。相反的，我從來不會讀與首爾有關的書。正如巴亞德所說的那樣，我們通過他人間接地體驗著更有深度的旅行。《懂沒神雜》通過雙重、三重的方式展開脫旅行。在現場，我先聽聞到其他嘉賓的旅行，幾個星期後再通過電視畫面看到剪輯後的節目。製作團隊也是一樣，很晚以後才能確認影片。

按照巴亞德的說法，最全面體驗這種旅行的人要屬躺在自家客廳沙發上的觀眾了。觀眾透過觀看製作團隊精心挑選的、加入了電腦特效和字幕的一個半小時節目，體驗著嘉賓當天各自的旅行。雖然很多內容在剪輯的過程中都被刪掉了，但正因為這樣才減少了節目受細節綑綁的危險，才能更集中傾聽製作團隊和嘉賓針對那座城市想要講的話。觀眾彷彿成了英國的貴族，或是朝鮮時代的兩班，大家派遣嘉賓代替自己去某座城市，然後透過製作團隊的記錄和剪輯，來慢慢體驗旅行的精華。巴亞德提到的脫旅行，不僅會以書籍的形式呈現，還會以電視旅行節目的形式呈現。製作團隊將嘉賓經歷的卡夫卡式的混亂，重新塑造成了有意義的、能被眾人接受的世界。所有的代理旅客，從慧超[17]、馬可・波羅到朴趾源[18]，縱觀這些古今內外的旅遊書作者，便可以知道這就是他們長期以來的工作。這也是旅遊書和旅行散文在網路訊息爆發的二十一世紀，仍然沒有消失的理由。

英文中的「Armchair Traveler」翻譯成韓文是「방구석 여행자 宅旅者」。這是一種略帶諷刺的表達方式，意指舒服地坐在自家的沙發上，憑藉想像到南極、聖母峰或塔克拉瑪干沙漠探險的旅客。但從某種角度來看，我們多少也都是「宅旅者」，我們會透過旅行散文或紀錄片對某一處景點抱有幻想，然後等日後有機會的時候再出發前往。可是這種以第一人稱出發的「真正的」旅行，會受到時間和金錢的限制。不過，我們還是會覺得自己「去過」那個地方。等過了一段時間，我們又會在其他的旅遊書或電視節目上看到自己曾經去過的地方，然後藉由他人不同的感受和經驗，以他人的語言表達方式附

17 譯注：慧超，704-783，朝鮮半島三國時新羅僧人，幼年入華，故亦為唐朝僧人。
18 譯注：朴趾源，1737-1805，字仲美，朝鮮王朝後期的著名文學家，曾於清朝乾隆年間出遊中國，並以此為素材著有《熱河日記》。

著在自己的旅行經驗上。層層積累的旅行經驗會經過一種所謂的熟成過程得以發酵。在一層間接的體驗上附上自己的直接體驗，然後再在上面追加上一層他人的間接體驗。在自己直接體驗的旅行上，附加非旅行和脫旅行以後，才算一次完整的旅行經驗。

親身前往的旅行既鮮明又強烈，但會以一種沒有整理的印象保留下來。正如在日常生活中，我們感受到的模糊情感，可以經由小說中的心理描寫變得更明確一樣，我們的旅行經驗也可以透過他人的視角和語言變得更加明瞭。無可置疑的是，世界就擺在眼前，我們要如何認知和接受它則成了另一個問題。在我們與世界之間，需要一種可以成為媒介的語言，以此來解釋自己親身前往的旅行，不是真正的旅行的理由。

失去影子的人

旅客會觀察、會記錄，有時也會暫時性的參與其中，
但最終還是要離開。……縱然我在美國生活了兩年，
但也不過是一個隨時都會離開的旅客。

1

二〇一一年的秋天，我在紐約。那段時間，紐約最大的熱門話題要屬「占領華爾街」（Occupy Wall Street）示威了。從華爾街附近的祖科蒂公園開始的這場示威，雖然沒有成功「占領」華爾街，但卻在很長一段時間引起了全世界的關注。華爾街的金融公司觸發了二〇〇八年的金融危機，世界因此飽受痛苦。很多人認為必須控制華爾街金融公司盲目且衝動的貪婪，人們都相信這些人應該受到懲罰。可是，不要說懲罰了，他們反而得到了補償。為了阻止大金融公司破產，政府投入了大量的國有資金。在這種亂局中，為自己爭取巨額年薪和獎金的管理高層受到了輿論的譴責。這種氛圍一直延續到了「占領華爾街」示威。

從我住的地方到舉行示威的祖科蒂公園，搭地鐵大概需要三十分鐘左右的時間。我帶著出遊的心情，揹上小背包朝曼哈頓的最南端、荷蘭人最初建設的城市、紐約的中心出發了（Wall Street 的 Wall 來自於最初的開拓者築起的城牆。十七世紀，在英國人拆除以前，這條街是堅固的城牆。當時，這座城市不叫做紐約，而是新阿姆斯特丹。荷蘭人是不折不扣的商人，即使是在城牆倒塌以後，他們的精神依舊保留了下來。）

示威現場與我想像的截然不同。人們手舉寫有自己主張的標語（大部分都是從硬紙箱剪下來，然後用油性筆寫的），毫無秩序的聚集在一起，完全沒有統一性，更看不到有條不紊的組織痕跡。譴責所謂「1％上流」的口號占了大多數，除此之外還摻雜著各種各樣的主張。每個人都有自己的主張，當時的這場示威還以獨特的示威文化受到了矚目。沒有領導層或代表，所有參與示威的人享有同等的權利。大家投票決定所有的事情，直接民主主義正是這群人的組織原理。到了晚上，大家會展開無止境地討論，因為沒有人有權利阻止他人的發言，所以很多時候討論會到隔天一早。自從少數祕密活動份子建立起堅固組織，推翻了龐大俄羅斯帝國以來，全世界的反體制運動基本都遵循由革命先鋒領導大眾的原理，但這群人卻不是這樣。出於反對特權階級而聚集的這場示威更是如此，面對少數壟斷的權力，人們出現了過敏反應（二〇一六年梨花女子大學的靜坐示威和二〇一八年法國巴黎的黃背心運動，也都呈現出這種局面）。

整個公園到處都是示威者搭建起的各式各樣帳篷，角落處堆滿了紛至沓來的募捐物資。帳篷裡散發出濃濃的大麻味，不斷有披薩送到公園，人們排隊領取，整日吃著披薩。我也分到了一塊披薩，然後在周圍堆滿的飲料箱裡拿了一瓶水。公園一角還設有圖書館，人們捐贈的書上標有「OWS（Occupy Wall Street）」以便保管。不需要任何手續，任何人都可以借書來看。雖然看不到統一的組織體系，但祖科蒂公園正在自發形成一座小城市。

這裡分成了帳篷聚集的居住區和展開討論、開會的廣場。任何人都可以到這裡來，流浪漢、失業者、酷兒、共產主義者和陰謀論者聚集於此抽著菸（或是分享著類似香菸的什麼）。只有像我這樣的旅客是例外。雖然他們也跟我一樣拿著相機拍照、領取披薩，但旅客不會高舉硬紙板或是大喊口號。這裡人人平等，什麼人都可以接受。

但這裡的問題只限於那些擁有「影子」的人，那些在美國繳稅，認為自己和家人的命運與國家息息相關的人；認為華爾街發生的事嚴重影響著自己生活的人。像我這樣的旅客離開這裡也就罷了。旅客會觀察、會記錄，有時也會暫時參與其中，但最終還是要離開。

希臘出現經濟危機沒多久，我來到雅典，在那裡目睹了因削減退休金而難以維持生計的人，發起的大規模示威。他們與祖科蒂公園的人不同，每個人看起來是那麼迫切和憂鬱。但也有一個共同點，那就是對我這個旅客毫不關心。我在國外遇到的大部分示威都不知道當地人在主張什麼，因為我聽不懂他們呼喊的口號，也看不懂他們的示威標語。

2

大家應該都讀過阿德爾伯特·馮·夏米索的小說《失去影子的人》。小時候，我非常喜歡這本書。成為作家以後，還用過與其類似的書名發表過短篇小說。為了幫助讀者找回記憶，我先來簡單介紹一下內容。主人翁施雷米爾在機緣巧合下參加了一場聚會，他在聚會上結識了一個神祕人（後來得知他是魔鬼），並且接受了神祕人的奇怪提議，出售自己的影子。主人翁用影子交換到一個如同聚寶盆般的「幸運錢包」。施雷米爾用這個平時根本不在意的影子換來了巨大的財富，但他很快便意識到，影子對人類而言是多麼的重要。即使施雷米爾再富有，當人們發現他沒有影子時，都會對他敬而遠之。這時，魔鬼再次出現，提出了新的建議。如果想找回影子，就在死後出售靈魂。施雷米爾糾結過後，拒絕了新的提議。

人類學家金賢京的著作《人、場所、款待》，在開篇針對這本小說進行了獨特的解釋。金賢京提出疑問，這個「影子」到底意味著什麼？是靈魂嗎？可是後面魔鬼又讓主人翁交出靈魂，可見那不是靈魂。施雷米爾出售影子後，依然很遵守道德和倫理，也能去愛別人。我們可以從他失去影子以後發生的事情，推斷出影子到底意味著什麼。人們排斥沒有影子的施雷米爾，都說人類必須要有影子。儘管施雷米爾擁有數不盡的財富，但未婚妻的父母還是以沒有影子為由，拒絕了這門婚事。

金賢京把影子視為「做人的標誌」。換句話說，就是「會員券」。我們要想以人類身分生存下去，就必須為他人所接受。朝鮮時代的平民雖然也是人，但貴族和商人卻不把他們當「人」看。有記載稱，在大韓帝國末期時的晉州，平民想要到教會做禮拜，卻遭到了貴族和商人的集體抗議。諸如此類的事件在全世界各地都曾發生。從生物學的角度來看，平民與貴族和商人毫無差異，但他們卻不被視為社會上正當的一員，就連場所也沒有一席之地。二十世紀初期，美國南部的黑人也不能自由進出白人的場所。稍有不慎，黑人就會被絞死在樹上。身為人存活下去，需要的是他人的款待，而且必須有立足的場所。朝鮮時代的平民，二十世紀初納粹統治下的猶太人，和一九六〇年以前美國南部的黑人，不要說款待了，反而會在公共場所遭到排斥或驅趕。只有那些以標誌抹去個別性的人（例如用「大衛星」或制服）才會被接受，他們是沒有「影子」的人。如果沒有影子，就算具備了崇高的思想和道德也無法融入社會。在小說的結尾，施雷米爾對作者夏米索這樣交代：

朋友啊，假若你想與他人一起生活，請務必珍視自己的影子，然後才是金錢。為了自己，為了能以更好的自己去生活[19]。

19 作者注：阿德爾伯特・馮・夏米索（Adelbert von Chamisso），《失去影子的人》，崔文奎譯，Yolimwon，二〇〇二年，一三二頁。

施雷米爾經歷的痛苦不是因為沒有錢，而是因為沒有影子。社會上的人類動物，即使再富有，但如果沒有會員券，也只能像主人翁一樣忍受孤獨和寂寞。

但當我重讀這本小說，感到震驚的地方，卻是失去影子的人如何克服這種狀況。施雷米爾失去了心愛的人，忠誠的僕人也棄他而去。這樣的施雷米爾在集市上無意間買了一雙舊長靴。很快我們便會知道，這是一雙可以帶主人瞬間移動、到全世界各地去的魔法長靴。施雷米爾放棄了讓大家接受自己的希望以後，開始周遊世界。最後的結局並不是無論如何都要找回影子，回到從前的生活。施雷米爾沒有執著於影子，而是選擇了旅客／探險家／流浪者的生活，並且對此心滿意足。

這個故事因此可以這樣詮釋，假若一定要在社會上與他人共同生活的話，那必然需要做人的標記。即，絕對需要影子。去珍惜那些平時毫不在意、失去後會極其痛苦的影子。但如果失去了這些，為了找回它必須出賣靈魂的話，那麼接下來的命運就只能是流浪。若變成沒有歸屬的存在，沒有影子也就無所謂了。重新閱讀前面引用的小說結局便可以知道，《失去影子的人》不是在講金錢不重要，而是在說金錢沒有影子那麼重要。

這讓我想到了另外一個人物，擁有《世界報》、漢堡王和卡爾施泰特百貨公司等等產業的億萬富翁尼古拉斯·伯格魯恩（Nicolas Berggruen）。很長一段時間，他乘坐私人飛機環遊世界，過著飯店生活。伯格魯恩公開的私有財產僅有一部蘋果手機、三套西裝和一架私人飛機，以及用一個紙袋就能裝下的瑣碎物品[20]。這樣的人應該和夏米索的主人翁一樣，有沒有影子都變得無所謂了。民宿網站 Airbnb 的創辦人布萊恩·切斯基（Brian Chesky）也是這樣的人。目前 Airbnb 的企業價值已經超越連鎖飯店希爾頓集團，但切斯基仍然沒有私人住房。據悉從二〇一〇年至今，他一直輾轉住在陌生人的家裡、閒置的房間和出門度假的人的空房裡。可是，不是所有人都能像他這樣生活。普通人都需要影子。在不受歡迎的地方，連立足的場所都沒有的人類，命運是悲慘的。

20 作者注：《中央日報》，二〇一三年七月二十日。

我的小說《黑色花》是以一九〇五年從濟物浦港前往墨西哥瓊麻農場的真實人物故事為基礎創作的。合約期滿的一九一〇年，這些人失去了可以重返的故土。雖然那是一個沒有存在感的國家，但為他們簽發護照的大韓帝國已經不復存在，他們成了沒有國家的子民。這些人失去了影子，過起流浪的生活。一些人捲入墨西哥革命，甚至被利誘到瓜地馬拉的密林，最後死在了那裡。夏米索的主人翁腳踩魔術長靴遊走世界，但對於《黑色花》的主人翁而言，他們與絕大多數失去了「場所」的移民者一樣無法使用魔法。

那年秋天，在祖科蒂公園靠披薩解決一日三餐的流浪漢，都只是暫時的「人」。參與祖科蒂公園示威的人們互相款待，其他百分之九十九的人對百分之一的貪婪感到憤怒，默默在背後支持示威，他們送來披薩，以此表示他們的款待。示威者暫時占領了華爾街的一部分，也占據了名為祖科蒂公園的場所。在那裡的人徹夜討論著美國的未來、政治和經濟上的平等，當下他們都存在著清晰的影子。就結果而言，示威是失敗的，但祖科蒂公園一帶仍舊熱鬧非凡。不過，那裡沒有我的影子。縱然我在美國生活了兩年，但也不過是一個隨時都會離開的旅客。我對美國社會沒有任何的責任和義務。

以《人、場所、款待》的觀點來看，奧德修斯歸鄉的故事也可以重新詮釋。奧德修斯在沒有影子的狀態下，以乞丐的模樣回到了伊薩卡島。因為沒有能證明自己就是奧德修斯的影子，所以沒有人能認出他。身分卑賤的養豬人和年邁的奶媽最先認出了奧德修斯，他這才得以處決了那些騷擾妻子的求婚者，重新整頓王國的秩序。歸鄉的大結局是夫妻團圓。為了讓妻子在夫妻的「場所」——床上接受自己，他必須是真正的奧德修斯，因此必須證明自己是符合「場所」的「人」。潘妮洛普提出問題來測試奧德修斯，當他記起床的支柱是用橄欖樹的根部製成的時候，潘妮洛普這才接受了他，並且加以款待。奧德修斯的歸鄉這才圓滿收場。

奧德修斯躺在潘妮洛普床上，這才領悟到，這場漫長且痛苦的旅程目的只不過是為了重新找回自己。這一路上，奧德修斯曾經忘記過必須重返故鄉，他完全可以躺在美麗的女神卡呂普索的床上，享受美食，以一個幸福的旅客終老至死。但智慧女神再次把他引上了艱辛的旅程，讓他回到等待他擔負重任和義務、垂下自己影子的地方。

如果是經常四處漂泊的人，都會跟奧德修斯一樣遇到需要作出選擇的瞬間。是要停止流浪，重返找回有自己影子的地方做自己嗎？究竟有這樣的地方嗎？那裡會接受我嗎？難道腳踩魔法長靴一直流浪的施雷米爾、失去影子的人，不是我的命運嗎？可是那樣的人生合理嗎？我最近也在思考這樣的問題。

阿波羅八號寄來的照片

也許我們沒有必要乘坐太空船跑到月球的背面，才知道人類是搭乘同一艘船的乘客。我們通過人生這場壓縮版的旅行，反覆體驗著款待與信任的循環，也因此明白了人類的繁榮不僅僅是靠敵對和競爭。

我出生一個月後的一九六八年十二月，人類首次進入了月球軌道。那是阿波羅八號。當時，這是一件了不起的壯舉，但在翌年阿波羅十一號登上月球後，所有的焦點便都轉移了。不過，阿波羅八號的三名太空人成了最初目擊月球背面的人類。不只如此，他們還首次拍下名為地球的行星浮現在月球表面的場景。阿波羅八號成功進入軌道，在旋轉到第四圈的時候，太空人親眼目睹到自己離開的行星在月亮表面浮現的樣子，跟著按下了快門。那天剛好是平安夜，他們把這份奇特的禮物寄給了地球上的人類。在這張如今我們都很熟悉，但在當時卻是非常震撼的照片裡，地球看上去不過就是一顆懸掛在黑暗宇宙中孤獨的藍色小彈珠。這顆小彈珠是他們必須活著返回的地方，是宇宙中唯一保留著他們珍貴一切的安身之處。

阿波羅八號成功進入月球軌道的第二天，也就是聖誕節當天，詩人阿奇博爾德·麥克里斯在《紐約時報》上解讀了這張照片的意義：「看到美麗的藍色地球懸掛在永無止境的寂靜中，等於是看到了我們都是地球的過客（riders）。[21]」在今天看來，把人類比喻成地球的過客或許有些老套，但在當時讀到這個比喻時，不禁令人拍案叫絕。過客不過是來去匆匆的存在，不會永遠逗留。緊接著，麥克里斯還闡述道，在宇宙浩瀚無邊的寒冷中，我們都是彼此的手足（brothers）。看到地球不過像是孩子手中玩耍的彈珠時，詩人非但沒有大受打擊，反而暗示了我們這顆散發著藍色光芒、名為地球的小行星，正是宇宙的避風港，我們和所有的動植物一樣，都是地球上的過客和應當珍惜彼此的夥伴。

這並不是第一次把人生比喻成旅行，人類比喻成旅客。全世界的詩人和歌手都這樣表達過。在韓國眾所周知的要屬崔喜準[22]的〈下宿生〉了，歌詞寫道：「人生是旅途，何去何從呢？」

很早以前人類便認為人生如同旅行，我們來自某處，歷經萬事，最終離開。我們以

21 作者注：Archibald MacLeish, "A Reflection: Riders on Earth Together, Brothers in Eternal Cold." *New York Times*, Dec. 25, 1968

22 譯注：崔喜準，1936～2018，韓國歌手。〈下宿生〉歌名是指暫時寄宿在別人家裡的人。

最脆弱的狀態抵達這個叫做地球的行星，因此會受到那些提早踏上人生旅途之人的熱情款待。新生兒不會講自己所抵達國家的語言，所以父母和親戚要耐心十足地教上幾年，孩子才會熟悉最基礎的語言。直到孩子準備好步入社會以前，父母會不計任何代價為他提供衣食住行。長大成人的人類會熱情款待接下來抵達地球的旅客，以此償還自己所得到的一切。等到他們離開時，留在地球上的人會以各自的方式為他們送別。地球上所有的文明，都會像送別旅客一樣，送別亡者去往另一個世界，人們會在棺材裡放入路費和一路作伴的夥伴。即使是徹底的無神論者，在珍愛的人去世時，也會祈禱他們能夠在另一個世界獲得安息。

人類在沒有他人的熱情款待下，是無法在地球上旅行的，相同的，抵達陌生地點的旅客，同樣需要當地人的幫助。長期以來人類互相敵對、殘殺，但也會把陌生人當作客人，為他們提供幫助，送別並祝福他們旅途平安。幾乎在所有的文明中，特別是經常需要移動的遊牧民族，還制定了必須款待客人的戒律。

二〇一六年五月，我在巴黎奧斯特里茲站等待開往奧爾良的火車。由於鐵路工會大罷工的關係，車站裡一片混亂。絕大多數的法國人（根據政治立場也會存在個人差異）會把罷工看作是勞動者的基本權利，所以都能忍受罷工帶來的不便。但不確定性總是讓人倍感壓力，有的火車取消，有的火車延遲，有的火車乾脆沒有任何消息。在這種情況下，乘客都緊繃著精神盯著告示牌。我和妻子等的火車延遲了一個小時才進月臺。

《光之帝國》改編的話劇要在奧爾良首演，主辦方很早就幫我們訂好了前往奧爾良的車票。但由於前面幾趟火車全部取消的關係，沒有人知道剛進月臺的這趟火車會在幾點出發。火車客滿了，爭吵聲四起。我和妻子對號入座後，一個女人走過來指著我們的座位說是她的，讓我們走開。就在我們打算起身時，坐在後面的人挺身而出跟那個女人吵了起來。大家互不相讓，爭吵持續了一段時間。雖然我聽不懂他們在用法語吵什麼，但大致可以猜出大意。我猜他們爭吵的內容是，在這種罷工的情況下，誰都不能對座位提出合理的占有權，再說人家是不懂法語的旅客，根本不了解這裡的情況，妳不能這麼為難他們。

最後，我和妻子守住了座位。為我們出面解圍的人面帶微笑，問我們要去哪裡。我說要去奧爾良，他便說自己一行人也去奧爾良，教我們不必擔心。火車最終沒能開進奧爾良，只停在中途一個簡易的小站。乘客聽到廣播後紛紛開始下車，為我們挺身而出的一行人把我們送上開往奧爾良的短程巴士。多虧他們的幫助，我和妻子才能準時抵達奧爾良，觀看表演。到車站等我們的主辦方見火車因罷工沒有抵達，一時驚慌，跟我們走岔了路。

這樣的款待令人感激不盡，也很常見。從接受款待的角度回顧我過往的旅行，到處都有為我挺身而出，不計任何代價給予我幫助的人。在全世界數一數二錯綜複雜的新宿和澀谷地鐵站、在公共交通中斷的諾曼第、在峇厘島的烏布、在無法用英語溝通的墨西哥猶加敦半島，那些陌生人為我指引了出口、開車載我、帶我參加宗教慶典，以及分享食物給我。

二十年前，在供電不穩，連洗澡都要接雨水的峇里島，一個當地人朝獨自旅行的我走來。他的名字叫紐門。紐門笑容爽朗，而且很面善，他說會帶我參觀烏布和附近一帶地方。於是我決定相信他。紐門指了指五十CC的本田摩托車。他先載著我見了自己的家人。他剛出生的兒子和妻子看到紐門露出了燦爛的笑容，我拿出相機為他們一家人拍了照。紐門說這是全家人第一次合影，請我一定要把照片寄給他。紐門還帶我參加了附近寺院舉辦的大型印度教活動，那裡似乎只有我一個旅客，我們跟隨著數千名人潮走進寺院，司祭在我的額頭塗了聖水和別的什麼東西。就這樣，我暫時變成了印度教徒。一天裡，紐門帶我去了很多一般遊客無法輕易前往的地方。但我給紐門的卻只有摩托車的油費和在首爾連頓飯都吃不起的酬勞。雖然他收了錢才為我做導遊，但我還是覺得他給予我的是一種款待。我見到了他的家人和他信仰的神，還訪問了神所在的寺院。為此我必須徹底信任他，我的信任換來了他的款待。

針對我們在旅途中對陌生人產生的奇妙信賴，哲學家阿爾方索・林吉斯這樣寫道：

我們來思考一下，當自己離開家鄉或者共同體，要到很遠的地方生活上一段時間。居時，我們每天都要信賴陌生人。我們不僅與陌生人沒有任何血緣關係，更沒有共同的信念和交集，而且彼此也沒有合約關係。我們聽不懂對方的語言，不知道他是怎樣一個人，不知道他的家庭背景和居住地點，不知道他代表著社會、自然和宇宙的哪一部分。但儘管如此，我們還是會相信對方。我們無法理解他的語言和動作，也無法掌握他的目的與動機，但此時所產生的信賴，是真實的個人以社會定義的行動，跨越空間與我們展開的接觸。

一旦決定信賴他人，我們不光會感受到精神上的平靜，也會感到刺激與興奮。在與其他生命體建立的關係裡，信賴能夠帶給我們最大的快樂。（……）

所謂信任，是一種如同死亡一樣難以揣測的、迫使我們依賴他人的力量。信任他人，需要拿出勇氣。（……）

在信任裡，除了勇氣，還有歡喜和愉悅。在遇到危機時，信任會讓我們展露笑容。性的魅惑也與信任非常相似。正如在性方面受到某人吸引時，便會一直被牽著鼻子走一樣，無條件的信任也是如此。反過來看，信任也存在性的一面。因為信任並不是對他人的盲目執著，而是關係到他人的情緒和影響力。高空跳傘時，信任自己身後的人，其中也存在著性的一面。在密林中迷路的人，對原住民青年產生的信任也是如此。所謂信任，既大膽又貪婪，還會讓人感到心驚肉跳[23]。

旅客給予的信任與接受的款待相輔相成，這種以熱情款待回報旅客信任的文化一路發展下來。《舊約聖經》中提到的毀滅索多瑪，也可以看作是背叛旅客的信任時，必會受到嚴懲的故事。〈創世紀〉第十九章提到，夜晚兩個天使抵達索多瑪。對旅客而言，夜晚是最難度過的時間。坐在城門口的當地住民羅得邀請這兩個旅客到自己家去（後面

23 作者注：阿爾方索・林吉斯（Alphonso Lingis），《旅途上遇到的信賴的喜悅》（英文書名《Trust》）。金昌奎譯，今日之書，二〇一四年，十～十四頁

可以知道羅得也是移民[24]，這便解釋了他為什麼理解旅客所處的困境）。最初天使謝絕他的好意說：「不！我們要在街上過夜。」但在羅得誠懇地勸說下，天使們還是來到了羅得的家。天使們吃了羅得烤的麵包，信任了他，這換來了羅得的熱情款待。但「索多瑪城裡各處的人，連老帶少，都來圍住那房子」，他們對羅得大喊：

「今日晚上到你這裡來的人在哪裡呢？把他們帶出來，任我們所為。」

羅得上前阻止，懇求道：「他們是到我家的客人，請不要對他們做惡事。」但人們一把推開羅得，破門而入。此時，天使救下羅得一家，用硫磺火焰燒毀了索多瑪。

我信任紐門，騎上了他的摩托車。即使不知道他要帶我去哪裡，自己身在何處，但我還是選擇與他同行。紐門沒有背叛我。傍晚時分，他把我安全地送回了住處。某年冬天的夜裡，在公車停止運行的諾曼第，我一個人沿著柏油馬路走著。這時，一輛經過的寶獅汽車停了下來。司機打開車窗，問了我原由，跟著讓我上了車。他把我帶回自己家，

24 作者注：〈創世紀〉第十九章第九節。「這個人來寄居，還想要作官哪！」

用熱咖啡和餅乾款待了我。客廳裡隨處可見日本的扇子和中國的佛像。他說自己一家人也很喜歡旅行，特別在亞洲得到了很多當地人的幫助。這位土生土長的諾曼第人在公車停止運營的時間，看到揹著行囊的我，立刻明白了我所處的困境。等我填飽了肚子，他又開車把我送回住處。

這種款待要如何回報呢？在某本旅行遊記中，我找到了答案。作者在北歐旅行途中，上了公車才發現自己的錢包丟了。見她一時不知所措，一個當地的老奶奶替她付了車費。當她對老奶奶說日後一定會償還時，老奶奶搖了搖頭，告訴她不必還錢。如果日後遇到有需要幫助的人，就當作是償還給那個人吧。當款待以這樣的方式循環下去，世界朝著更美好的方向發展時，才存在真正的價值。比起同等的付出和接受的關係，這種付出後一再循環，最終回饋於自己的世界不是更好的嗎？唯有旅行，才能最切實地體驗到這種款待的循環。

幾年前，我和兩個看似東南亞來的旅客站在首爾站前的計程車招呼站等車，從他們大行李箱上的托運貼紙來推測，這兩個人應該是剛坐機場快綫抵達首爾站的。可是他們上了計程車，很快又下車，這樣反反覆覆了很多次。他們把行李箱放進後備箱，然後坐到副駕駛座，再給司機看手機畫面，這時司機都會搖頭擺手。無奈之下，兩個人只好下車取出後備箱的行李。很快計程車便載著其他客人揚長而去了。這樣的情況反覆上演了三次，兩個人一臉困惑地站在原地。輪到我的時候，計程車停在了我的面前。我問那兩個人要去哪裡，他們給我看了手機畫面。原來他們是要去位於明洞的一家飯店，那家飯店很有名，計程車司機不可能不知道，一定是因為距離太近，所以拒載。我讓他們上了車，然後打開副駕駛座的車門跟司機講明地址，司機二話不說就把車開走了。這讓我覺得似乎稍稍償還了在奧爾良和其他地方受到的款待。

也許我們沒有必要乘坐太空船跑到月球的背面，才知道人類是搭乘同一艘船的乘客。我們通過人生這場壓縮版的旅行，反覆體驗著款待與信任的循環，也因此明白了人類的繁榮不僅僅是靠敵對和競爭。浮現在月球表面的地球之所以如此美麗動人，詩人之所以看到那顆藍色的小彈珠會立刻聯想到人類愛，這都是因為作為乘客的我們，長期以來互相給予彼此的信任和款待。

無名小卒的旅行

或許，旅行就是為了變成「無名小卒」。出門旅行不是為了去確認自己是誰，而是想要暫時忘記自己是誰的過程。

在我尚未成名，還是一個無名小卒的時候；雖然寫了什麼，但卻沒人看的時候，那段時間的旅行，和現在的感覺截然不同。在國外不可能有人認識我，我不過是一個年輕的旅客罷了，但至少在那裡我可以是一個旅客。在那段渴望受到關注的時期，成為旅客多少緩解了我的這種欲望。在沒有大批觀光客的小地方，旅客會引起當地人的注意，人們會留意觀察這些侵入了自己枯燥平靜日常生活的陌生人。有的人親切熱情，有的人也會投來敵視的目光，有的人會問我是日本人還是中國人，還有無緣無故跟在我身後的孩子，偶爾也會遇到罵人或者丟東西的人。

當地人忙著工作的上午，我什麼事也不用做，揹著背包坐在公園的椅子上也會覺得心情很好。人們出於好奇心會問我，你從哪裡來，要到哪裡去，旅行多久了。所有的旅行都會進入平穩的軌道，因此所有的旅客都是不同的。在民宿與其他旅客交談是愉快的，偶遇還會令人感到興奮。但自己的感觸和現實中別人的想法，總是存在著天壤之別的差異。

二十五歲那年，我在歐洲當背包客。某天夜裡，我坐在巴黎北站的地上等火車。鴿子成群結隊地飛來飛去，車站十分冷清。三三兩兩的背包客枕著背包躺在地上，喝醉酒的、吸了毒的流浪漢搖搖晃晃地在我們之間走來走去。雖然幾個小時前吃了晚飯，但很快肚子又餓了，我只想快點上車走進暖和的包廂。

這時，兩個揹著背包的年輕白人女孩朝我走了過來。她們告訴我，自己剛從美國的大學畢業，正在歐洲旅行。接著問我要去哪裡，我說要去阿姆斯特丹，她們說自己也要去那裡，還問我是否可以同行。歐洲的夜間火車是包廂結構的，白天兩側可以坐三到六個人，等到了晚上把椅子抽出來變成簡易的床鋪後，便能躺下三個人。她們提議希望跟我住在同一個包廂。我同意了。火車很快進站後，我們來到二等車廂占領了一個包廂，跟著把行李放上置物架，調整好座椅變成攤平的床鋪。那兩個女生依次靠窗躺下後，我才在靠走廊的一邊躺了下來。

或許是為了打破尷尬的氣氛，她們問起了關於我離開的國家。韓國人主食吃米，還是吃麵包？使用的語言是中文，還是日語？我一一作答，但那兩個女生很快就睡著了。她們選擇我，並不是出於對我個人特別的關心，而是認為跟我住在一個包廂過夜最為安全。她們只不過是遵循了西方對於亞洲男生持有的特殊成見罷了。現在的美國電影和電視劇仍在不斷生產著這種俗套的內容，他們把東方人刻畫成過於有禮貌的人（大部分是日本人），或是不肯辜負父母對於教育的熱情，整日埋頭苦學且不擅長運動的書呆子（韓國人或中國人）。認為不管是語言還是肢體動作，都不可能對女生造成威脅。這樣的東方人只活在自己的世界裡，小心謹慎地工作和生活。

在開往阿姆斯特丹的火車包廂裡，我扮演著她們期待的角色——一個會呼吸的人體模型。偶爾會有乘客打開包廂的門，看到已經躺了三個人時，他們便會關上門。正因為我守在門口，那兩個女生才能在裡面睡得安穩。一整夜，再也沒有人進入我們的包廂了。

隔天一早，我們面帶笑容的彼此道別。她們知道了韓國人主食吃米，我也知道了自己在白人女生眼裡是不構成威脅、可以睡在她們身邊的存在。雖然這跟在韓國一樣，我依舊是一個「無名小卒」，但還是略有不同的。年輕時，我希望自己是一個特別的存在，但當我依照人種和國籍被「特別」進行分類之後，卻經歷了至今為止未被分類以前的、肉眼看不到的一些事情。旅客是陌生的存在，因此才會經常明確地被分類和符號化。根據國籍、性別、膚色和年齡，刻板印象會取代原本的特質。意即無法成為特別的存在（somebody），而是變成喪失了個別性的存在。這與旅客個人的想法無關，每個人最終都會成為一個「無足輕重的人」（nobody）罷了。

2

席爾凡．戴松在《旅行的喜悅》中引用歌德說：「旅行時，我總是儘可能地奪取一切。」接著，他又補充說：「旅行是旅客對外部世界的襲擊，旅客是揹著戰利品滿載而歸的掠奪者。」[25]當地平線上出現了什麼時，我們的祖先遊牧民族便會精神緊繃，隨著對方一步步逼近，氣氛也會變得越來越緊張。對方有可能是遊走絲綢之路的商人，他們會帶來生活上的必需品和有趣的消息，但也很有可能是接到成吉思汗的命令飛奔而來的、氣勢洶洶的蒙古騎兵。雖然對方慈眉善目，但很有可能是敵國的間諜，或是會傷害家人的盜匪。旅客必須儘快掌握情況加以分辨，然後採取對應措施，但問題是沒有充分的時間深入了解和掌握情況。外來者會感激提供食宿的人，也有送來消息、情報、禮物或金錢後便離開的人。這是因為從外部來的陌生人既危險，但同時也充滿了魅力。[26]

25 作者注：席爾凡．戴松（Sylvain Tesson），《旅行的喜悅》（*Petit traite sur l'immensite du monde*），文京子譯，Across，二〇一六年，三十九頁

26 作者注：在韓國流傳著蒙古人視力好到5.0、6.0的傳聞。因為他們的祖先是遊牧民族，所以蒙古人視力好的說法似乎很有道理。在進化的過程中，唯有儘快辨別出遠方而來的人是敵是友，才得以生存。那些視力差、對應慢的人只能死在敵人的手裡，因此難以留下後人。這使得視力優良的遺傳基因存活至今。在寫這篇文章的時候，我也查找了資料，但卻沒有發現可以證明這種說法的資料和研究結果。不過很有趣的是，這一傳聞唯獨在韓國流傳甚廣。

在某些城市，旅客會希望自己看起來像當地人，因此會隱藏起旅人的標誌。比如大型的背包、舒服的鞋子、手裡的地圖和相機等等。他們希望別人把自己看作難得放假出來散步的當地人。但這種「偽裝」只能在羨慕旅客的國家和城市得以落實。在紐約、巴黎或巴塞隆納等先進國家具魅力的城市，我們都會成為「發起襲擊的旅客」，比起以刻板印象被分類，我們都希望成為無名者，儘量不受人注意。

相反的，在有些國家和城市，也有旅客不願意聽到「你住在這裡吧？」這時，旅客會主動把自己與當地人加以區分，保持旅人的標誌。就好比那些到殖民地印度赴任的大英帝國管理者，即使是在像蒸籠一樣的酷暑下，他們也不肯解開一顆襯衫的扣子，堅持穿著長袖外套。

就像這樣，旅客會根據自己前往的國家、自己對那個國家或城市的認知，以及當地人如何看待旅客，來積極調整展現自己的方法。有時，我們會想要成為無名者隱藏在當地人之間，也會希望成為特別的人被明確區分出來。如果按照席爾凡·戴松的說法，旅行真的是一種襲擊的話，那麼旅客做出的這些選擇，就都與當地人的習性和態度有關。假如當地人不歡迎旅客，甚至還會攻擊旅客，然而那個城市還是充滿魅力的話，旅客便會儘可能地隱藏自己，不露聲色。對於近期威尼斯、巴塞隆納、阿姆斯特丹和京都等城市出現的超限旅遊（Overtourism），旅客很明顯能夠感受到當地人的憤怒，有時還有切身經驗。當地人認為觀光客利用 Airbnb 導致房租扶搖直上，而且還亂丟垃圾，帶來交通擁擠。換句話說，當地人覺得自己遭遇了襲擊。

相反的，也有很多當地人靠觀光維持生計。在那些對旅客過於親切，甚至到了卑躬屈膝程度的城市，我們便沒有必要偽裝和隱藏自己。加上如果當地人對我們的國家充滿好感的話，我們反而會更積極地展露自己。這時，比起個別的自我，我們會選擇隱藏在更具魅力的集體面貌（Persona）背後。

「Persona」是指古希臘戲劇表演時，演員們使用的面具，後來延伸成意指人、人格或性格的用語。在旅行時，我們也會使用各種各樣的面具，不停變換自己的樣子。與此同時，我們也會了解到這與自己在家鄉的人生沒有多大差異，只是在旅行的地方使用的面具稍稍有些不自然罷了。

3

荷馬在史詩《奧德賽》裡，講述了奧德修斯在返鄉的漫長旅途中，與獨眼巨人庫克洛普斯結下恩怨的故事。但仔細讀下來會發現，奧德修斯並不是因為運氣差才經歷這場橫禍的。

奧德修斯和他的部下登陸某個無人島。在距離「獨眼巨人的王國不遠不近的」這個小島上，生活著很多野生山羊。[27]因為這些獨眼巨人沒有船無法過海，所以奧德修斯一行人是安全的。島上有可以停船的港口，還有源源不斷的泉水和葡萄樹。這是一個隨季節變化，可以自給自足的小島。奧德修斯一行人只要等待順風便可繼續航海，但他們「整日待在小島上，大擺盛宴，享受美酒佳餚」。

一覺醒來，奧德修斯突然說要去獨眼巨人居住的小島看看。他完全沒有這麼做的現實理由，他只是想知道獨眼巨人是怎樣的一個人，是充滿暴力、野蠻、毫不講理的人，還是熱情款待客人、對神充滿敬畏的人。於是，奧德修斯駕船來到庫克洛普斯居住的小島。奧德修斯和部下走進沒有主人的洞穴，發現了獨眼巨人飼養的綿羊、山羊、起司和乳醬。部下苦苦懇請奧德修斯快點拿著小羊羔和食物回到船上，但卻遭到奧德修斯的拒絕。奧德修斯說：「我倒要看看獨眼巨人會不會獻上禮物。」跟著他在洞穴裡生起了火，向神獻上供品（屠宰了山羊和綿羊烤來吃），還吃光了起司。奧德修斯闖入素不相識的

27 作者注：荷馬，《奧德賽》，千炳熙譯，出版社樹林，二〇一五年，二一八頁。

庫克洛普斯的地盤，跟盜匪一樣襲擊了可以看成是家的洞穴、掠奪了主人的食物和財產。做了這些以後，奧德修斯竟然還敢期待庫克洛普斯獻上禮物。他到底是哪裡來的自信，冒出這種令人啼笑皆非的期待呢？

在外忙碌了一天的庫克洛普斯回到住處，看到奧德修斯一行人等便問：「你們是誰？來自何處？是來做生意的，還是跟海盜一樣，隨波逐流到處燒殺擄掠之徒[28]」如果是做生意的人，交易完成後離開也就罷了。但如果是漂流在海上的海盜，那問題可就嚴重了。被庫克洛普斯質問是不是海盜，這下可重傷了特洛伊的英雄奧德修斯的自尊心。不是商人就是海盜！勃然大怒的奧德修斯報上自己的大名，還提到宙斯和阿加曼農。他說自己從特洛伊而來，在海上迷失了方向，但這很有可能是宙斯的安排。他還聲稱自己是天下最有威望的阿加曼農子民，並且感到驕傲。但阿加曼農的名望卻是來自於「攻陷大城市和虐殺百姓」。

28 作者注：Homer, Robert Fagles(trans), *the Odyssey*, New York : Penguin, 1996, P. 219.

我們到這裡來是想知道，你會不會熱情款待我們這些阿加曼農的子民，會不會獻上理所應當的禮物。

最偉大的神啊！你應畏懼眾神。宙斯會保護我們這些旅途上的人，你應尊重我們這些與神同行的客人。[29]

換句話說，奧德修斯是在以特洛伊戰爭的勝者、阿加曼農的子民自居，並且還炫耀自己是宙斯最器重的人。正因為這樣，他希望庫克洛普斯認可自己的身分，熱情款待自己。但庫克洛普斯只是嗤之以鼻，跟著「像拎小狗一樣抓起奧德修斯的兩名部下，狠狠地摔在地上」，然後「把他們大卸八塊，像山裡的獅子捕食一樣吃光了他們的肉、內臟和滿是骨髓的骨頭」。

29 作者注：荷馬，《奧德賽》，千炳熙譯，出版社樹林，二〇一五年，二三四頁。

為什麼奧德修斯會自己招惹來危險呢?從荷馬的敘述可以得知，那都是因為奧德修斯的虛榮和傲慢。奧德修斯不顧部下的阻止，非要到庫克洛普斯的洞穴。他們原本登陸的小島無所不有，但奧德修斯很想讓庫克洛普斯知道自己是誰。你知道我是誰嗎?你知道百攻不破的特洛伊是誰攻下的嗎?不是勇猛的阿基里斯，而是多虧了發明特洛伊木馬、足智多謀的我，奧德修斯。

抵達無人島的奧德修斯內心是空虛的，島上只有不會講話的羊群。等到填飽肚子以後，奧德修斯的內心萌生了其他的欲求。認可的欲求。他渴望在陌生的地方聽到當地人的讚賞。他在家鄉伊薩卡是王者，在特洛伊是英雄。換句話講，奧德修斯一直都是大人物，但如今他卻成了無名小卒。奧德修斯無法掌控難以預測的浩瀚大海，他淪落成了海上漂流的一片小樹葉。因此奧德修斯的自我變得萎縮了。

小時候，我沒能讀懂這一段，只覺得那是奧德修斯不小心走錯了路，誤打誤撞進了庫克洛普斯的洞穴。但荷馬卻利用了這麼大的篇幅，來講述奧德修斯是怎樣自己招惹來橫禍的。

很多旅客會在旅行期間經歷身分認同的危機。在旅行地點，旅客只會以各種類型來分類。所以奧德修斯才會公開自己的身分，希望得到在家鄉受到的待遇。事實上，他也這樣做了。但卻沒有輕易得到自己想要的。當地人對旅客並沒有那麼關心，因為他們很快就會離開，也會被遺忘。相反的，如果當地人對旅客過度關心，那可要提高警惕了。這表示說旅客身上有什麼是他們需要的，如果那種需要過於迫切的話，就算行使暴力他們也會強奪下來。所謂「有禮貌的漠不關心」才是最適合當地人和旅客的距離。但奧德修斯卻為了滿足自己的欲求做了不該做的事，他去了沒有必要去的危險地方，在沒有獲得主人同意的情況下，吃了人家的食物。而且在主人回來後，非但沒有道歉，反而要求主人設宴款待、獻上禮物。雖然他的行為很過分，但這種心態卻並非不能理解。

我在韓國出版了幾本書，成了作家以後，再出門旅行時，心態就與練習寫作時截然不同了。我的書會放在書店裡醒目的位置，而且（我知道）有穩定的讀者群會閱讀我的書。但到國外的時候，我依然是一個無名小卒。二〇〇三年，我三十五歲時，參加了愛荷華國際寫作計畫，雖然已經持筆創作了九年，但在國外出版的書卻只有《我有破壞自己的權利》的法語版。之後又過了差不多十多年的時間，情況漸漸有所好轉。如今已有多部作品的英譯本，除此之外，翻譯成其他語言的小說，也可以在當地的書店小角落看到了。儘管如此，無名小卒的感覺還是和從前一樣。在成為作家以前，出國旅行反倒會讓我覺得自己很特別，但現在卻是相反的。在韓國，我知道自己是誰，其他人也都知道，但到了國外，知道的人卻只有我自己。如果這種只有自己知道自己是誰的狀態持續下去的話，便會出現闖入西西里島的奧德修斯的心態。我們的真實身分不僅要靠自己來確認，還需要通過他人的認可，才能確保穩定的狀態。

某戶人家的兩個姐妹開了一個很有趣的玩笑。吃早餐的姐姐先開了個頭。有別於以往，她很有禮貌的對媽媽說：「母親大人，給您請安了。感謝您為我們準備的早餐。女兒真心感謝您。」最初媽媽心想，這是在開玩笑，所以一笑了之。但吃早餐時，女兒一直這樣，她便覺得是不是大女兒的腦袋出了什麼問題。可小女兒從房間出來後也是這樣，這時媽媽開始懷疑是不是自己出了什麼問題。她氣呼呼地衝著兩個女兒大喊道：「不要再說了！」

這個玩笑可以讓我們知道，自己的身分是在多麼薄弱的基礎上建立起來的。在旅行地點，我們所經歷的不安也和這種情況很相似。在家裡、學校和職場，我們會經由那些認識我們的人、跟我們打招呼的人認清自己，意志堅定地生活下去。假如其中幾個人舉止異常，問我們：「你是誰啊？」的話，我們便會出現動搖。

出國旅行的人下了飛機以後，首先要做的事就是通過入境審查。只有名為護照的證明書，可以向面無表情的審查人員證明自己的身分。審查人員會懷疑護照上的人是否為我們本人。不信任旅客的真實身分，懷疑另有隱藏起來的真實身分，正是審查人員的工作[30]。偶爾我們還會遇到用生疏的韓語道聲「你好！」的審查人員，很多人會把這當成

30 作者注：「保安人員相當於推理小說家，比起用一般人的視角觀察人生，他們更會把人生想像成多災多難

是對方在表示親切，但事實上這是簡單辨認你是否為韓國人的問題。如果是韓國人，便會笑臉相迎接受對方的問候，但如果是持有偽造韓國護照入境的人，則難以作出自然的反應。入境審查是由問答構成的，因此就算是再光明正大的旅客，也會顯得緊張兮兮。[31]

順利通過入境審查後，我們會進入如同奧德修斯抵達西西里島後的狀態。這裡是沒有人知道我是誰的地方。即使是在通過「你好」和「こんにちは」的測試以後，成功讓對方知道了自己是韓國人，但隨之而來的還有「南」、「北」的問題。在祖國擁有的複雜身分，很快便會讓「來自南韓的旅客」取代。這時，是否能控制住奧德修斯感受到的衝動誘惑，不向他人問「你知道我是誰嗎？」便成了成熟旅客的關鍵。年輕時的我很難做到這一點，我會告訴那些萍水相逢的人自己是作家。他們會問我主要寫什麼，當我回

的現場。」艾倫·狄波頓，《機場裡的小旅行》，鄭勇慕譯，青未來，二〇〇九年，九十三頁。

31 作者注：「很多旅客在被提問和接受檢查時，會感到不安和憤怒，即使這只停留在無意識，但這種審查還是會讓人覺得是在問罪一樣。」同前注，九十九頁。

答寫小說的時候，對話便就此打住了。一次又一次的旅行讓我明白，沒有必要向那些人解釋「我主要在寫什麼」。換個角度講，只有在讀者眼裡我才是作家。

波蘭語版的《光之帝國》出版後，在出版社的邀請下我來到華沙。華沙大學的禮堂裡聚集了很多人，大家都知道我是波蘭語版《光之帝國》的作者，因此至少在這種活動上，我的身分不會受到威脅。我坐在準備好的椅子上，身邊坐著譯者、出版社的老闆和評論家。我用韓語朗讀了書裡的內容大概五分鐘，跟著譯者用波蘭語朗讀了更長的時間。朗讀結束後，大家開始討論。最初譯者幫我翻譯了一些對話內容，但她只是筆譯，不是專業的口譯，所以一直請她翻譯也是很勉強的事。我告訴她不必再為我翻譯了，接下來的時間，我開始安靜地觀察起禮堂裡發生的一切。

我為什麼會坐在這裡呢？因為我是《光之帝國》原著的作者。即，韓語版的作者。但臺下的讀者讀到的都是翻譯成波蘭語的書。雖然出版社有贈書給我，但除了我的名字以外，沒有一個字是我能看懂的。我一頭霧水，完全不知道他們在討論什麼。雖然我在其他活動上體驗過專業的同聲傳譯，但心情跟現在別無兩樣。這真是一種很奇妙的體驗。我構想出整個故事，也動筆完成了小說，但眼下整個禮堂裡，卻只有我一個人聽不懂大家在討論這個故事。

正因為這樣，我僅僅以一種象徵存在於祭壇之上。這好比以證人的身分見證自己過去做過的事一樣。因為我在場，因為我坐飛機遠道而來，所以禮堂裡聚集了很多讀者，藉由這個機會出版社也宣傳了書。

在這種狀況下，作家會採取各種的行動。有的作家希望完美地管控翻譯作品，為了避免在翻譯的過程中出現「損壞原著」的可能性，他們會與譯者保持密切溝通。這樣的作家認為海外讀者和母語讀者一樣。相反的，也有不聞不問、漠不關心的作家。這樣的作家會把翻譯過程中存在的「損失」和「漏洞」看成是理所當然的事。但作家們並不是最初都這樣認為，而是在累積大大小小的經驗，特別是在見到跨越母語界線、使用他國語言的讀者以後，才決定了各自的態度。

我也是通過一連串的事件以後，決定了自己的態度。我認為自己只能對以母語創作的作品負責，作者與讀者溝通的渠道也只限制於母語。翻譯的作品並不歸我所有，而是應該屬於該語言圈文化的一部分。正因為這樣，我在接受國外邀請的時候，會把自己的角色看作是一種象徵或是證人。在臺上扮演一兩個小時賦予我的角色，然後剩餘的時間就做回旅客。

二〇一三年秋天，在紐約的經驗也給了我很大的幫助。那年《黑色花》的英文版出版，我又回到了二〇一二年闊別的紐約。對我而言，這本小說在各個方面都存在特殊的意義。那段時間，我思考著自己是否能一輩子靠寫作為生，然後果斷地飛去了墨西哥和瓜地馬拉，在一個叫做安地瓜的陌生城市，完成了小說的前半部分。小說出版時，我寫了一篇關於那趟旅行的散文。

我搭乘日本航空飛往墨西哥。雖然很想追隨移民者的路線坐船前往，但那是不可能的事。飛往墨西哥的行程就夠千辛萬苦的了（難怪機票這麼便宜）。飛機經由東京和溫哥華，載運其他乘客，用了足足二十四個小時才降落在全球治安惡劣前三名的墨西哥城機場。墨西哥城可以說擁有了拉丁美洲所有的一切，好的有令人印象深刻的文物、面具、陶瓷和金字塔等等，壞的有小偷、計程車強盜、煤煙、汙染、浪費、狂歡式的瘋狂和經濟蕭條等等。因此開始在拉丁美洲旅行，沒有比這裡更合適的了。

我在墨西哥城逗留了一個星期後，又搭飛機前往猶加敦半島的中心地帶梅里達。那裡也是一九〇五年移民者抵達後，四散前往各個農場的地方。我放下行李後，開始尋找起他們的蹤跡。（……）我努力在飲食和住宿方面能像他們一樣，但這絕非一件容易的事。瓊麻農場變成了荒野，到處可見來看馬雅遺址的觀光客。經過四處打探，接下來包車前往的農場也變成了接待觀光客的博物館。如今債務奴隸曾經工作的平原上，可以看到的只有生鏽的敞篷車和鐵道，農場倉庫裡的麻線也積滿了灰塵。從農場主家坐車而來的美國觀光客，品嚐著猶加敦的傳統食物。陽光炙熱，起風時，塵土會像成團的雲朵一樣飄來。

當年朝鮮人建立的崇武學校，變成了出售電子產品的代理店，他們的痕跡徹底消失不見了。這些人慢慢走進名為墨西哥的熔爐，徹底化為烏有。小說從這個一切消失了的地方展開。我帶著輕鬆的心情前往瓜地馬拉。讓我感到很奇怪的地方是，那些移民建立國家然後埋骨於斯的提卡爾，如今也變成了瓜地馬拉最有名的觀光勝地。幾十萬的觀光客蜂擁而至，只為了親眼目睹密林中拔地而起的提卡爾神殿。變成觀光景點的地方加速了「他們」消失的速度。我也成了觀光客裡的一員，還僱了一名導遊。他帶領我們穿越密林，觀賞了熱帶的鳥，攀登了聖殿，在簡陋的餐廳吃了塗抹著莎莎醬的雞肉料理。

幾天後，我移動前往位於海拔一千五百公尺高的安地瓜，在那裡寫下了移民的故事。

抵達梅里達當天，妻子提議去住沒有冷氣的飯店，因為這樣才能對當時朝鮮人忍受的、令人窒息的炎熱感同身受。我們這樣做了，但半夜實在熱得睡不著覺，隔天一早便搬去有冷氣的飯店了。我們依靠英文旅行書和西班牙字典，吃著不合胃口的食物堅持了幾個月。取材的痛苦不能代表一切，但我和妻子都對這樣創作出來的小說懷有特殊的感情。

在紐約住了兩年半，一切都不再新鮮了，於是我們搬去了位於布魯克林的布希維克。但意外的事情發生了，強烈颶風席捲了整個美國東部。我把當時發生的事和政界準備管控遊戲的動向結合在一起，寫了一篇文章，隔年刊登在某家報紙的專欄上。

颶風珊迪靠近紐約的去年十月，我和妻子搬進了一間位於布魯克林布希維克的單身公寓。公寓是通過 Airbnb 租來的，在遊戲公司做設計的房東，看起來很像那種周圍隨處可見的年輕文青。位於四樓的這間公寓沒有電梯，客廳的沙發中間還凹陷了下去，只能坐下一個人。我略感失望的坐在那裡。房東拿起遙控器按下按鈕，大型螢幕從天花板降了下來，接著他打開索尼遊戲機、微軟 Xbox、動作感知器和 8.1 聲道的開關。房東熱情地講解起使用方法，我漫不經心地聽著。畢竟我坐了十四個小時的飛機到這裡來，不是為了打遊戲。

幾天後，颶風珊迪席捲了紐澤西和紐約一帶。人們衝進超商搶購水、義大利麵、麵包和香蕉，很多地方都停電了。《黑色花》的出版紀念活動偏偏是在颶風登陸當天，所以不得不取消了。一夜過去後，大部分往返於曼哈頓和布魯克林的地鐵停止了運行，開往曼哈頓的公車站排起了幾百米的長隊。我們無處可去，這時擺在客廳的遊戲機和 Xbox 進入了我的眼簾。

自那之後的幾個星期，我一直沉迷在《殺戮地帶》的遊戲裡。早上剛睜開眼睛，我便拿起像是機關槍一樣的遊戲機搖桿拚命射殺螢幕上的敵人，直到胳膊酸疼為止。我靠墨西哥夾餅和可樂娜啤酒充飢（很多中南美移民聚集在布希維克，所以公寓附近有很多墨西哥餐廳），一直玩到傍晚，殺死了好幾千人。我的雙眼凹陷，體重也跟著下降了。

回首往事，我的人生就是在跟各種上癮的事奮戰。抽了十五年的菸，好不容易在三十三歲那年戒掉了，在那之前我是一個躺在床上都會抽菸的菸鬼。創作《光之帝國》的二〇〇六年，我幾乎每天晚上都會把威士忌和啤酒混在一起喝。因為只有這樣才能入睡。

改掉這個壞習慣也用了幾年的時間。電腦遊戲我也很容易上癮，二十幾歲的時候，沉迷在以中國古典小說《三國演義》為背景的角色扮演遊戲《三國志》裡，幾年後又玩起了再現日常生活的《模擬市民》（*The Sims*）和模擬電玩遊戲《星海爭霸》。青少年時期，我則沉醉在漫畫和武俠小說裡無可自拔。

儘管與各種各樣上癮的事奮戰，但我從一九九六年到現在，還是出版了七本長篇小說、四本短篇小說集和七本散文集。雖說這些上癮的事掠奪了我的時間，但並沒有消損我的產量。（……）

在布希維克的公寓，我之所以能放下遊戲機搖桿走回現實的世界，並不是依靠法律和康復之家的幫助，而是有一天，一直守在我身旁的妻子（沒錯，我「還」有妻子）看到玩累了的我坐在那裡，走過來問了我一句：「還有意思嗎？」

我想了一下，跟著搖了搖頭。

「那我們出去吧。」

颶風過境已久，城市也幾乎恢復了原樣。我和妻子來到中央公園，踩著落葉散起了步。明朗的紐約秋天從我的頭頂飄過，到處可以看到強風過境後樹枝折損的魁梧大樹。我忽然意識到沉迷在遊戲中的自己並沒有那麼快樂，反而一直都很憂鬱。我對妻子說，再也不想走入那個沒有生死的黑暗煉獄了。那天我們吃過越南料理後，返回了布魯克林。

（……）

從紐約回國後，我又完成了一部長篇小說，並在夏天出版。回想起那段在布魯克林沉迷於遊戲、徹底與外界斷絕關係的日子，讓我感到鬱悶和難為情。但最終我還是走了出來，回到自己熱愛的工作上。[32]

32 我在專欄裡沒有提到，美國出版社在颶風過境、城市復建以後，打來電話說是重新安排了活動日程。但我婉拒了他們，覺得沒有這個必要，然後一直待在家裡玩遊戲。他

作者注：Young-Ha Kim, "Life Inside a Playstation," *New York Times*, Nov. 24, 2013.

們肯定無法理解我這種不負責任的行動。坐了十四個小時的飛機，飛到地球另一端的作家，為什麼只待在布魯克林的公寓裡不肯露面呢？

過了很長一段時間以後，我才發覺當時所經歷的一切，並非單純的遊戲中毒，那很有可能是輕度的憂鬱症。在那段人生不如意的日子裡，不管什麼都能輕易讓我上癮，因為希望藉此忘掉自己。在紐約時也是這樣。剛到布魯克林就遭遇了颶風，《黑色花》的英文版不顧出版社的努力，毫無反應的就被埋沒了（雖然並不是因為颶風）。書在美國出版的前幾個月會先有讀者評論，所以在書擺在書店以前，就可以大致預測到出版業的反應。美國的讀者並不關心韓國作家以百年前的墨西哥為背景創作的移民故事，比起之前在美國出版的《我有破壞自己的權利》和《光之帝國》，這本書幾乎沒有任何反應。挫敗感延伸出了攻擊性，剛好我手裡握有遊戲機搖桿，面對螢幕上出現的敵人，我毫不留情地開起了槍。

放下遊戲機搖桿後，我和妻子經常會到我們喜歡的中央公園散步。大自然依然還在那裡，它不知道我是誰，也毫不在意。它只隨著宇宙的時間改變。變黃的銀杏葉隨風飄落，我徘徊在荷花池和小山丘之間。我走在數千名不知姓名的觀光客之間，跟大家一起盡情享受著紐約的秋天。我所經歷的幾個星期的黑暗慢慢地融化了。事實上，我來到紐約沒有丟失任何東西，只是暫時成為了「無名小卒」罷了。回國後，我埋首創作小說，隔年夏天小說出版。小說講的是一個曾經令人生畏的殺人者，如今卻忘了自己是誰，徹底變成無名小卒中的無名小卒的故事。

4

如果像席爾凡．戴松說的那樣，旅行是一場掠奪的話，那麼我們都是為了尋找日常生活中缺失的什麼而踏上路途的。假如那是周圍觸手可及的東西，我們又有什麼必要到遠方去呢？在旅行地點，我們別無選擇的體驗著成為「無名小卒」的瞬間。或許，旅行就是為了變成「無名小卒」。隨著年齡的增長，漸漸賦予自己的社會性身分，很多時候會像監獄一樣令人透不過氣。正因為這樣，出門旅行才漸漸成了不是為了去確認自己是誰，而是想要暫時忘記自己是誰的過程。

奧德修斯如何從庫克洛普斯的洞穴脫險，成了《奧德賽》中最有名的橋段之一。庫克洛普斯用巨大的岩石堵住了洞口，並且準備按照順序殺死奧德修斯和他的十二名部下。這時，奧德修斯把自己帶來的珍貴葡萄酒獻給了庫克洛普斯。飲下葡萄酒，心情變好的庫克洛普斯問了奧德修斯的名字。奧德修斯的回答希臘語是「Outis」，英語則是「Nobody」，翻譯成韓語就是「沒有人」。心情變好的庫克洛普斯決定最後才處決「沒有人」，以報答奧德修斯獻上的葡萄酒。得到緩刑的奧德修斯和倖存的部下，趁庫克洛普斯喝醉睡著的時候，刺瞎了他的眼睛。聽到庫克洛普斯的慘叫聲，洞穴外面的人蜂擁趕來，他們問庫克洛普斯是誰傷害了你。「沒有人要殺我」，翻譯成英文的這句玩笑話「Nobody is killing me」，雖然很難用韓語來表達，但不管怎樣意思就是沒有人要殺我。聽到庫克洛普斯說沒有人要殺他，大家都覺得這傢伙應該是瘋了吧，然後紛紛離開了。

從旅客立場和心態有所變化的角度重新閱讀這個故事，會覺得很有趣，讓旅客奧德修斯陷入危險的是他自己的虛榮心，救他於火海的則是讓自己成為無名小卒的謙虛身分。他隱瞞自己的真實姓名，讓自己成為「無名小卒」，然後躲藏在公羊的肚子下面（最柔弱的羊，而且還是羊肚子下面），逃出了庫克洛普斯的洞穴，擺脫了虛榮心招惹來的生命危險。奧德修斯和倖存下來的部下立刻跳上停在岸邊的船離開了小島，成功脫險的奧德修斯內心再次滋生出虛榮與傲慢。當船遠離小島後，他開始放聲高喊，嘲笑起庫克洛普斯。聽到奧德修斯的嘲笑聲，庫克洛普斯一怒之下，抓起一座山峰拋向了小船逃亡的方向。正因為這樣，奧德修斯的小船又漂向了小島，部下立刻阻止他，千萬不可再刺激庫克洛普斯了。但奧德修斯卻更加興奮地大叫說，要是有人問是誰弄瞎了你的眼睛，就說是「住在伊薩卡、拉爾特斯的兒子奧德修斯。」這樣一來，奧德修斯不僅公開了自己姓名，就連住址也告訴了庫克洛普斯。從無名小卒變回大人物以後，奧德修斯自豪地大肆宣揚著這件事。自那以後，他與部下所經歷的種種磨難就此開始了。慘遭橫禍的庫克洛普斯向父親海神波賽頓祈求道：

「支撐大地的、深藍頭髮的波賽頓神啊！請聽我說。若您以我是您的兒子，您是我的父親為榮的話，就請阻止住在伊薩卡、拉爾特斯的兒子奧德修斯返回家鄉。但若其宿命是與家人團聚、重返故土的話，請讓他失去所有的戰友，獨自淒慘而歸。抵達家鄉後，也請讓他痛苦難熬。」[33]

波賽頓答應了痛失眼睛的兒子的請求，並說服了宙斯懲罰傲慢的奧德修斯，讓他歷

33 作者注：荷馬，《奧德賽》，千炳熙譯，出版社樹林，二〇一五年，二三四～二三五頁。

經十年苦難才能重返家鄉。奧德修斯唯有航海才能重返家鄉，與波賽頓因此結下的恩怨令他痛苦不已。很多人會覺得這個故事是在描寫奧德修斯的機智勇敢，但我卻認為這是告訴旅客應該要有良好心態的故事。虛榮和傲慢是旅客的敵人，我們需要適應改變的身分，只有降低自己的身分成為無名小卒時，才能避免危險，平安地返回家鄉。

自那以後，奧德修斯變得謹慎小心了。菲埃克斯人看到漂流在大海上的奧德修斯，在不知道他是誰的情況下熱情款待了他。即使奧德修斯接受了款待，也沒有誇耀自己的身分（「城市的破壞者奧德修斯」）。回到故鄉伊薩卡時，他也把自己裝扮成衣衫不整的乞丐，還拒絕了侍女準備的床鋪，「鋪著粗糙的牛皮和羊皮」睡在外面。奧德修斯以大人物的身分踏上旅途，在虛榮與傲慢招惹來不幸後，自覺降低身分讓自己變成無名小卒。正因為這樣，他才能順利結束旅行，平安返回故鄉。

重返故鄉的奧德修斯面對的現實，碰巧與庫克洛普斯所經歷的一樣。奧德修斯的兒子鐵拉馬庫斯對他說：

「我的母親拒絕了那些求婚者，但他們一再糾纏（…）他們每天到家裡來屠宰牛羊大擺盛宴，還肆意暢飲珍貴的葡萄酒。」[34]

如今奧德修斯必須站在主人的立場將那些入侵者全部驅逐出去。事實上，他也做到了。奧德修斯誅殺了一干人等，並將協助他們的十二名侍女（碰巧與困在庫克洛普斯洞穴裡的部下人數相同）的頭顱懸掛在王宮的梁木上。奧德修斯重拾和平，從旅客變回了當地人，再次成為舉足輕重的人。他救下妻子，找回了家庭。

在他人的地盤，我們的力量都會變弱，因此我們會更加希望通過他人的認可確認自己的存在。這時我們需要的是他人的款待、認可和禮物。當然，資本主義會把這種襲擊變成溫柔的交易，但這種交易並不會給所有人帶來利益，有的人會以庫克洛普斯的心態

34 作者注：同上注，四十三頁。

敵視和輕視外部人。旅客會因此感到更大的不安和挫敗感，進而顯露出攻擊性。當旅行成為襲擊，旅客成為入侵者，其結果會給自己招來不必要的苦難。

正因為這樣，明智的旅客會採取奧德修斯經歷庫克洛普斯後的態度，放低自己的身分，成為無名小卒展開旅行。旅行之神會懲罰那些想要獲得熱情款待、享受在家鄉的地位、和不尊重他人的人，並且關照那些對他人的款待充滿感激的人。兩千八百年前的荷馬通過奧德修斯的心態變化，暗示了旅客應該持有的可取態度。那是對虛榮和傲慢的警告，也是尊重他人的心。

重返旅行

旅行和小說都存在著明確的開頭與結尾。我們會帶著激動和興奮的心情進入陌生的世界，然後慢慢地探索那個世界，最後安全地回到原來的出發點。

1

在大英帝國統治整個非洲大陸時期，肯亞的總督為一個原住民少年提供了去劍橋大學留學的機會。這個少年是馬賽族族長的兒子，總督一眼便看出他的聰慧。雖然族長不情願送兒子去英國，但他膝下還有很多兒子，想到能送孩子去當時最強的大國學習新知識、接觸新文化，便也欣喜地接受了總督的提議。少年學成歸來，回到肯亞後大吃一驚，幾年前部落駐紮的地方已經不見人影，族人跟往常一樣趕著牛群移動到了別的地方。對於這些遊牧民而言，完全沒有故鄉的概念。馬賽族的生活以牛為中心，如果牛吃的草不夠的話，大家便會趕著牛群移動到其他的地方。少年徘徊在隨處可見獅子、斑鬣狗和長頸鹿的大草原上，找尋著自己的部落。歷經數月的打探和追蹤，少年終於聽到了熟悉的鈴聲。即使是在很遠的地方，馬賽人只要聽到鈴聲便能立刻分辨出自己的牛群。少年朝鈴聲的方向奔去，與駐紮在那裡的家人和族人重逢。族長聽到兒子講述這一路上吃的苦，非但沒有同情他，反倒大聲嘆氣。這孩子到底去英國學了什麼？不只一事無成，還變成了傻子，連自己的部落都找不到的人，還能做什麼呢？

馬賽人將人生看作是一種持久的旅行狀態，他們的智慧是找尋茂密草原的能力。即使有族人掉隊，也能根據牛群的足跡找出部落的移動方向，追上大隊人馬。雖然皇家地理學會的會員走遍了世界各地的偏僻角落，積累了豐富的知識，但這顯然對少年毫無用處。

我們大部分人都清楚地知道自己要返回的地方。即使目的地可以改變，但結束旅行返回的地方、有家人和朋友的地方、自己的房間和物品所在的地方，是不會改變的。那是旅行的原點。當旅行失敗或是遭遇難關時，只要想到那個可以返回的大本營，我們便能夠重拾克服困境、繼續生活下去的信心。但馬賽族的少年不是這樣，他的旅行目的地無可動搖的固定在那裡。相反的，故鄉卻是流動的。幾百年過去後，用沉重的石頭砌起的劍橋大學依然還在原地。可以肯定的是，等到少年的孫子也死了的時候，劍橋大學也仍在原地。但少年出發的地方，他的部落卻一直在移動。對於這些居無定所的遊牧民而言，旅行究竟是什麼呢？

2

二〇〇七年，我眼看就要四十歲了。當時我在大學任教，還要主持電臺的文化節目，每天都忙得不可開交。當我和妻子決定接受加拿大溫哥華英屬哥倫比亞大學的邀請，前往那裡定居一年後，我便辭去了大學和電臺的工作。但比起這些，我們做的最重大決定是出售當時居住的公寓。沒想到公寓很快就賣掉了，就這樣，從六月到九月初我們無家可歸了，於是我和妻子決定在開學前到義大利旅行。我們在義大利逗留了三個月，在溫哥華住了將近一年，最後搬去紐約又住了兩年半。我們都知道早晚有一天要回韓國，但原來住的公寓出售以後，要返回哪裡就變得十分茫然了。相反的，在紐約我們有確定的根據地，那裡有我和妻子所有的書和行李。這樣一來，我們忽然覺得首爾反倒變成了早晚有一天要去旅行的地方。我已經記不得把什麼留在首爾了。

結束紐約的生活後，我們沒有返回首爾，而是去了釜山。反正要找新房子，而且我的工作也不受場所限制，因此沒有必須返回首爾的理由。釜山比首爾暖和，而且包括房租在內的所有物價都很低。早上打開窗戶就可以聽到海浪聲，公寓前面堆滿了消波塊，白色的泡沫從消波塊的縫隙濺起，然後消失。家門口的散步道路連結著東柏島和海雲臺海水浴場。住在休養地，總有一種旅行永遠不會結束的感覺。我應該返回的原點在哪裡呢？真的有這樣的地方嗎？我們在釜山住了三年，然後搬回了首爾。寫這篇文章的當下，我們已經在首爾住了三年，但我不覺得會永遠住在這裡。

在紐約的某一天，妻子突然對我說：

「好想去旅行。」

「我們現在就在旅行啊。」

妻子搖了搖頭。

「不，我是說真正的旅行。」

難道這是在夢中做夢嗎？再不然，就是一邊狼吞虎嚥地吃著飯，卻說想吃更美味的食物？當旅行的時間長了，便會覺得這是在生活。同樣的，如果不能確保充分的安定，也會覺得生活像是在流浪。

我剛上國小時，在全羅南道的光州，二年級時轉學去了慶尚南道的鎮海，三年級時又轉到京畿道的楊平，四年級時在坡州市的廣灘面，五年級時在坡州市的汶山邑，六年級時又搬到了首爾。國小六年裡，我總共轉了六次學。上國小以前，全家跟隨父親的任職地點，舉家在江原道的華川和大邱等地遷移。由於頻繁輾轉於江原道、全羅道、慶尚道、京畿道和首爾這些語言和風俗各異的地方，所以我總覺得自己的童年一直都在流浪。但奇怪的是，在那居無定所的流浪時期，我最喜歡看的書竟然是遊記。我在坡州就讀的那間國小，雖然規模小到整個學年只有一個班級，但學校還是有一個圖書館。圖書館的書櫃上，陳列著當時環遊了世界的著名旅行作家金燦三的書。在那個尚未開放自由出國旅行的年代，他是怎麼到那些國家去的呢？至今這仍是一個謎團。金燦三不僅橫跨了美洲大陸，還走訪了非洲和歐洲。除此以外，他還去了很多國家。他把所到之處寫成遊記陸續出版。我至今仍記得書裡的一張照片，照片名為「從飛機上俯視的雲海」。在雲朵上空飛翔是怎樣的感覺呢？他描寫道，在飛機上看到那片軟綿綿的雲海，會萌生想要跳下去的念頭。日後當我第一次坐飛機時，最期待的便是親眼看到那片「雲海」。除此以外，童年時令我印象深刻的，還有紐約百老匯的音樂劇《Oh! Calcutta!》的黑白照片，照片裡赤裸的舞者站成一排揮著手。還有從字面上很難理解的法國地鐵檢票口，直到首爾地鐵二號線開通以後，我才搞清楚是怎麼靠三根竿子「旋轉」讓人通過的。童年時，我的夢想是快快長大成人，因為在我眼裡，大人就是像金燦三一樣，可以隨意到全世界旅行的人。

我還很喜歡儒勒・凡爾納（Jules Gabriel Verne），《十五少年漂流記》和《環遊世界八十天》是我最喜愛的書，那兩本書已經快被我翻爛了。我們家還定期訂閱了美國雜誌《讀者文摘》的韓文版，每期都能看到突然遭遇災難、最終成功脫險的人的故事。比如，爬山時遇到了熊，受到重傷後艱難脫險。這樣的故事總是深深地吸引著我。我的童年四處輾轉生活，沒有朋友和故鄉，可以說那時的人生就是一場漫長的旅行。儘管是這樣，為什麼我還是會喜歡那些冒險小說和遊記呢？

童年時的我總是要前往陌生的地方，在那裡結交新的朋友，適應聽不懂的方言，學習不同規則的遊戲。而且我比同齡的孩子看起來小很多。一九六八年十一月出生的我，在一九七四年三月進入國小，我來到這個世界不過五年又四個月的時間（聽母親說，當時沒有幼稚園，所以她使了點「小手段」提早把我送了進去。那是可以使用這種簡單方法的年代）。發育緩慢的我總是坐在最前面，也不能參加踢足球之類的集體競技比賽。我努力適應新環境，然後又要動身前往下一個地方。這樣的情況反覆上演了很多次。隨時隨地都能離開的地方，意味著不管我身在何處，那裡都不會是我的定居之地。

《十五少年漂流記》和《魯濱遜漂流記》這種冒險小說，都存在著相同的故事結構。主人翁會意外抵達某一個地方，然後經受殘酷的考驗，恢復自己的秩序，最終以獲得的力量重返文明的世界。即使是在長大以後，我喜愛的書籍裡大部分也都存在著這種結構。紀錄下聖母峰登山隊慘劇的《聖母峰之死》（作者是強．克拉庫爾 [Jon Krakauer]），和前往南極探險遭遇不幸後，奇蹟生還的歐內斯特．沙克爾頓爵士（Sir Ernest Shackleton）的故事都是如此。雖然他們身陷陌生、危險的環境，但都能透過強烈的意志控制住狀況，生存下來。每年經歷搬家和轉學、不斷適應新環境的我，之所以能成長為一個正常的大人，或許正是這些書給我帶來了求生的力量。

閱讀故事時，人們都會遇到自己最害怕的什麼事。孤兒的故事之所以會吸引孩子，是因為對孩子而言，失去父母是難以想像的、最可怕的事。沒有孩子願意成為孤兒，也很少有孩子願意每年搬去新的環境、展開新的人生。其實，童年的我在內心深處一直渴望著過上安定的生活。我希望住進那種孩子們用蠟筆畫的房子裡，三角形的屋頂上豎著煙囪，還有院子。我希望跟從小一起長大的朋友讀同一間國中、高中，一起經歷成長裡大大小小的事。街坊鄰里都知道我住哪裡，是誰家的小孩，我對他們也同樣了解。但我的人生並不是這樣，我需要拚命努力地適應新環境。每每這時，冒險小說都會竊竊私語地對像我這樣的小讀者說，所謂人生就是不斷經歷意想不到的災難和挑戰，但我們人類是可以克服這一切的存在。

有別於冒險小說，遊記從另一個層面讓我感到安心。前往新世界並不只存在不安和痛苦，在那裡還有「此時這裡」沒有的、令人大開眼界的什麼，而且那都是沒有盡頭的。遊記的作者也跟冒險小說的主人翁一樣，會經歷大大小小的事件，然後克服它，最終平安返回原點，加以記錄。每個人都有影響自己人生的故事結構和核心情節，對童年的我而言，就是冒險小說和遊記。

3

很多理由可以促使人們離開自己居住的地方，移居到另一個地方。難民為了躲避戰爭、革命或暴動等政治性動亂的危險，遷移至其他地方，也有像史達林統治下的少數民族一樣，突然某天跳上火車前往哈薩克和西伯利亞。還有像童年時的我一樣，跟隨父母到處搬家的人。外交官的孩子也會被動的跟隨父母前往各個國家。旅行是從一個地點移動到另一個地點，但移居和避難可就不同了。旅行是自己決定的，自己做的決定與控制能力息息相關。有別於移居，旅行能夠計畫整個過程，並且掌控過程。預訂好機票、飯店和租車，不出意外的話一切都會按部就班的進行。根據預算和日程，自己可以決定接下來要去哪裡。並非出於自身意志而移居的人，和根據自己的決定移動的旅客，兩者看到的風景並沒有多大的差異，但他們的感受卻是天壤之別的。移居者生活在日常裡。相反的，旅客可以說是在體驗著精緻的幻想。

移居和旅行的關係就好比現實和小說一樣。現實是雜亂無章、沒有秩序的，瑣碎的事情會不停地冒出來，其中某些事會對我們的人生起到重大的影響。儘管這樣，我們也不可能注意到每一件事。現實是沒有情節的，有些事情會突然發生，這些事時而會超出我們的控制能力。本以為看到的是美麗的流星，結果巨大的隕石從我們的頭頂掉了下來。緊張了半天，還以為是很重大的事，結果發現不過是微不足道的小事。宇宙對我們的命運毫不關心，我們在潛意識裡也意識到了這一點。

但小說是不同的。雖然發生了與現實相似的事情，但故事卻存在著秩序。人物會受限，特別是以主人翁為中心展開的故事。就像科學家在實驗室做實驗一樣，作家會消除不必要的雜音，重新組合故事。作家會適當控制故事，好讓讀者進行體驗。在小說和電影裡，流星才會變成隕石墜落在屋頂上。與現實不同的是，這種事件會在主人翁的人生裡起到重大的意義。藉由小說故事，人們會學習到如何面對現實生活中毫無秩序發生的事。當死亡與災難、愛情與背叛這些突如其來的事情發生時，小說會提供心理上的框架，告訴我們如何守護自己的內心。

童年時，我所經歷的頻繁移居，反覆上演與好不容易交到的朋友分離，這使得我沒有學會如何長期與他人相處，原諒和接受朋友的不足，承認自己的錯誤，以及道歉、修復出現裂痕的關係的方法。事實上，也沒有學習的必要，反正很快就又會搬家。沒有人告訴我應該如何看待頻繁移居過程中發生的這些事，父母為了生活忙得不可開交，處理每天發生的瑣事就夠讓他們焦頭爛額的了。當生活變成永無止境的移居時，旅行就成了一種奢侈。在我們家的照片裡不存在旅行、度假和暑假這種詞彙，所以根本沒有全家旅行的記憶。

以拍攝《Big Nudes》著名的攝影師漢姆特・紐頓（Helmut Newton）認為自己的藝術靈感來自於小時候每年夏天與家人一起去的飯店游泳池。在當時的小紐頓眼裡，那些身著泳裝在泳池邊走來走去的日耳曼女人高大無比。那些畫面就這樣留在了小紐頓的心裡，多年以後，那些印象深刻的畫面才得以以時尚照片再次呈現。在釜山出生的妻子，至今仍記得小時候與家人一起到海水浴場度假的事，但我和弟弟完全沒有這樣的記憶。

我讀國一時，父母去濟州島旅行，他們把表姐找來照顧留在家裡的我和弟弟。因為我們從沒一家人出門旅行過，所以我對父母沒有一絲抱怨。不論何時，我都一個人在冒險小說和遊記的世界裡旅行著。大學畢業後，前往歐洲當背包客時，雖然手頭不寬裕，一日三餐只能靠早上買的一條法棍麵包來解決，但我卻體會到了旅行帶來的真正的幸福和自由。那是與童年時期（強制）移居截然不同的體驗，它與任何人無關，是真正屬於「我自己的」旅行。

託歐洲火車聯票的福，我可以一個月內無限次搭火車。我仔細查看火車時間表，認真地制定了移動計畫。為了節省住宿費，三十天裡有十五天是在夜間火車上過的夜。每個城市幾乎沒有停留超過兩天以上，清晨抵達火車站以後，我會把行李塞進保管箱，然後在那座城市一直逛到傍晚，最後搭夜間火車前往下一座城市。這樣的旅行雖然辛苦，但火車基本都是整點運行，因此一切都在按照計畫順利進行。這樣的旅行在每一個瞬間給了我主宰人生的感覺。

直到現在，每當看到飛機充滿活力地衝出跑道離開仁川機場，我都覺得自己重拾了掌控人生的能力。手機關機，暫時不會有人打來電話。所有的乘客繫好安全帶坐在自己的位子上，沒有人可以走動。那是徹底遠離混亂日常的瞬間，也是強烈期待旅行和蠢蠢欲動興奮之情的瞬間。那是可以再次聆聽自己內心的瞬間，告訴自己人生只屬於自己。

在紐約，妻子提到的「旅行」或許指的是「逃離日常」。不知不覺間，在紐約的生活也漸漸變成了日常，各種各樣的事如同海浪一般席捲而來，應該立刻處理的事情，一直往後推遲的事情，總有一天必須要做的事情。我們會在日常生活中漸漸失去控制能力，這就好比手掌握不住細沙一樣。總有些事會出錯，也會跑出意外事件。像是浴室漏水、地暖太舊需要換新、鄰居家開始裝潢等等，不是我們自己得做的事，就是必須默默忍受的事。但旅客不同，大不了一走了之。痛苦只是暫時的，不會永遠持續下去。沒錯，就是這樣。如果說黑暗是缺失了光亮，那麼旅行就是缺失了日常。

坐在公園裡看路人經過的愉悅也只是暫時的，很快就會感到無聊。但讀小說就不同了，隨著頁數的增加，我們會被故事的發展所吸引，進而不知不覺地融入故事。小說幾乎沒有隨便發生的事情，不管怎樣所有的事情都會連結在一起。小說不是放入有趣的事，而是排除沒有意義的事件展開創作的。讀者在一種近似實驗室般的環境下，觀察著發生在人物身上的事，該人物如何看待發生在自己身上的事，由此人物會發生怎樣的變化。藉由小說，人類和世界會以更高的像素呈現在我們眼前。

同樣的，旅行也會讓我們集中注意力。我們闖入某座城市的核心地帶，對周圍單調的住宅區毫不關心，雖然可以暫時體驗當地人繁瑣的日常生活，但卻無法長久持續下去。

旅客想要得到的是城市的精華，他們會繃緊神經觀察周圍的一切，拿出相機拍攝當地人無心經過的建築或街道。旅客會覺得在旅行地點的所見所為、所觸所感都緊密地連結在一起。

旅行和小說都存在著明確的開頭與結尾。我們會帶著激動和興奮的心情進入陌生的世界，然後慢慢探索那個世界，最後安全地回到原來的出發點。讀者和旅客的內心都會發生改變，但兩者都無法立刻知道發生了什麼變化，只有在回到日常生活以後才能漸漸察覺出變化。感到自己居住的社區很陌生，看起來不一樣了；發現週末弘大門口人山人海；首爾似乎變成了一個大都市；與街上和地鐵裡接踵而來的人潮擦肩而過時，會覺得不舒服；漢江看起來比從前更寬了；穿過餐廳聚集的小巷時，會覺得韓國料理特有的香料味很刺鼻。之前沒有過的感覺都甦醒了過來。

同樣的事情也會發生在小說上，閱讀描寫夫妻關係破裂的小說後，讀者會以另一種角度來審視自己的婚姻。當讀到以驚人的寫作能力描寫啤酒的小說時，我們會立刻跑去開冰箱，這時喝下的啤酒會是全然一新的味道。

為什麼人類要去旅行呢？這和讀者為什麼總是找來新的小說看是一樣的。旅行是艱苦的、危險的，還需要很多花銷的苦差事。躺在家裡的沙發上，一邊吃洋芋片一邊看電視，既不花錢也不危險。但我們還是希望脫離安全、無聊的日常出門旅行。身在他鄉，我們的身體會重新感受世界，並且把所有的經驗連結、統一起來，讓精神儘可能的感到興奮，然後我們會保持興奮的精神狀態回歸到雜亂無序的日常生活中。這也可以說成，我們是從日常生活中獲得了出門旅行的力量。

有個詞叫做「暈地」。坐船時一般都會暈船，但當某種程度上適應了船的搖晃後，暈眩便會消失。可是當航海結束返回陸地時，習慣了這種搖晃的人會覺得陸地仍然在搖晃，因此把這種現象稱之為「暈地」。現在的我明明處在安定、穩固的狀態下，父母不會再讓我轉學，也沒有人能強迫我搬去其它城市，但我內心還是渴望著前往陌生的地方。居住在西西里、溫哥華和紐約的時候，我會覺得這才是自己正常的狀態，不需要再移動到其他的地方。相反的，此時住在首爾，反而讓我覺得這是一種臨時的狀態。

試想一下，那個重返家鄉的馬賽族少年後來會怎樣呢？最初他一定很高興，但當察覺到眼前的一切已與離開時大不相同，他會略感吃驚。曾經理所當然的一切都不再理所當然了。儘管找到了返回的原點，但他自己已經發生了改變，所以最終失去了返回原點的意義。正如部落長老說的那樣，他喪失了某種能力，失去了以馬賽族生存的必要才能。少年付出的代價是變成另一個人。自己的部落還跟從前一樣趕著牛群繼續遊牧，但他會重新渴望自己的另一趟旅行。少年清楚地明白，移動到其他的地方已經無法滿足自己，畢竟旅行不是遊牧或移居。

也許少年會再次踏上旅途，憑藉自己的意志前往陌生的地方，啟動身體去感受一切。對於那些有過一次這種經驗的人而言，人生的原點將不再是日常，而是旅行。如果有人內心感受到平靜的時刻不是回歸日常，而是踏上旅途的瞬間，那他就是與我相同的人，此生註定在外漂泊流浪，沒有可以返回的原點。現在，我決定接受這一切了。

作者的話

近來在韓國會把一起生活的狗或貓稱之為「伴侶」，之前則叫做「寵物」。「寵物」在字典中的意思是「把喜歡的動物或物品放在身邊寵愛或喜愛」。「伴侶」意味著夥伴，「伴」是配偶的意思，「侶」有朋友的意思。現在很多人都會使用伴侶一詞，但每個人的關係卻不一樣。有的人把動物「放在身邊寵愛」，有的人會把動物視為人生的夥伴。不過這兩個詞我都不會使用，因為「寵物」有些輕浮，「伴侶」則過於沉重。

我們家養的第一隻狗是德國牧羊犬，我們給牠取名叫機靈鬼。機靈鬼聰明伶俐。父親任職前線營長的時候，當吉普車開到距離館舍幾百米的警衛室時，機靈鬼聽到車聲便會跑出去迎接父親。忽然有一天，父親寵愛有加的機靈鬼不見了。軍營進入了緊急狀態，大規模搜尋了幾天都沒有找到機靈鬼的蹤跡。父親為此傷心不已。歲月流逝，父親退伍後去了首爾的某間銀行工作。有一天，當年在父親軍營的一個士兵找到我們家。因為不知道他登門造訪的目的，還以為他是來賣東西的，所以父親略顯緊張。因為當時來找父親的人都是軍官，很少有士兵。

當年的營長和士兵喝起了威士忌，幾杯過後，那個人終於開口道出了此次前來的目的。

「營長，對不起。是十一中隊的人把機靈鬼抓去吃了。」

多年來的謎團終於解開。

「請您原諒我們吧。雖然我勸阻他們，但大家太餓了。看您那麼心急如焚地找機靈鬼，我一直都很想把這件事告訴您。」

我們搬到首爾後，一直住在公寓，所以很難再養德國牧羊犬那樣的大狗。於是家裡養了一隻叫做賽米的馬爾濟斯母狗。雖然最初是弟弟吵著要養狗的，但最疼愛賽米的人卻是父親。賽米只生過一次小狗，小狗出生時還是我剪的臍帶。當時我們只留下了一隻母狗小露珠，其他幾隻都送養了。幾年後，我和父親在不知道賽米罹癌的情況下，帶牠去了寵物醫院。父親走到門口，便邁不開步子了。

「我不敢進去。」

一切結束後，我走出醫院。等在門口的父親問我賽米是否走得安詳。

「這真是造孽啊。這種事，不能再做了。」

賽米死後，小露珠活了很久。等到小露珠也走了以後，父親覺得家裡太空蕩，又領養了別人丟在寵物醫院的狗。這次也是馬爾濟斯。我們把小狗領回家沒多久，父親卻先離開了。

結婚以後，我也養了兩隻流浪貓。小鈴鐺在九歲那年死了，小石頭雖然還很健康，但也是十五歲的老貓了。過不了多久，牠也會追隨小鈴鐺而去的。把這些比人類壽命短很多的狗和貓看成伴侶，未免太過悲傷。哪有伴侶這麼頻繁地早早就離開的呢？

對我而言，這些小傢伙比起伴侶，更像是旅客。賽米、小露珠、小鈴鐺和小石頭都是暫時借住在我們家，然後離開的旅客。我們在漫長的旅途中總會遇到短暫相遇的同伴，我們一起移動幾天後，有的人會先上路，有的人因方向不同踏上另一條路。有時，我會提早回國。很多人就這樣分開後，再也沒有見過面。不管是人類還是動物，如果都看作是旅客的話，在離別時就不會那麼痛苦了。以自己的方式款待對方，由此得到對方的信任，這就足夠了。

很久以前，我就想寫一寫關於旅行的事。旅行對我而言是什麼呢？為什麼我會定期去旅行呢？人類為什麼要去旅行呢？我希望向自己提出這些問題，然後從中尋找到答案。回首過去的人生，若以我投入的時間和努力為基準來看的話，我首先是作家，其次便是旅人。長期以來，我最努力做的兩件事就是寫作和旅行。雖然有很多機會寫關於寫作的事，但旅行卻沒有。最初我是帶著輕鬆的心情來寫旅行的，但寫著寫著很多往事便從記憶深處浮現出來了。

隨著深入挖掘「旅行的理由」，我開始思考起了人生、寫作和他人。旅行是我的人生，人生就是旅行。我們都是旅客，都迫切地需要他人的信賴與款待。不僅是旅行，「現在，這裡」的人生也需要他人的幫助才得以運轉。歡迎那些抵達陌生地方的人們，與他們和平、愉快的相處，然後離開。長期以來逗留在地球上的旅客都是這樣對待彼此，相信未來也會一直這樣。

我無法一一感謝給予這本書幫助的人們，以及在旅途中遇到的所有人。拋開金錢不說，如果沒有那些為我提供食宿、向我伸出援手的人，我是無法完成這本書的。儘管如此，我還是要特別感謝在這漫長的旅途中忍受我的同伴們。有時，我們會為一些雞毛蒜皮的小事爭吵，也會說一些很傷彼此感情的話。但就算是這樣，我們還是會朝著某一個方向前行，感受美好的風景，分享美食。如果沒有這些同伴，旅行只會是無聊的苦差事。我閉上雙眼，一一浮想這些人的臉，祈禱大家在地球上剩餘的旅途充滿意義和幸福。

二〇一九年四月

金英夏

懂也沒用的神祕旅行

小說家金英夏旅行的理由

여행의 이유

作　　者　金英夏
譯　　者　胡椒筒
美術設計　朱疋
內頁排版　高巧怡
行銷企劃　蕭浩仰、江紫涓
行銷統籌　駱漢琦
業務發行　邱紹溢
營運顧問　郭其彬
責任編輯　吳佳珍
總 編 輯　李亞南
出　　版　漫遊者文化事業股份有限公司
地　　址　台北市大同區重慶北路二段88號2樓之6
電　　話　(02) 2715-2022
傳　　真　(02) 2715-2021
服務信箱　service@azothbooks.com
網路書店　www.azothbooks.com
臉　　書　www.facebook.com/azothbooks.read
營運統籌　大雁出版基地
地　　址　新北市新店區北新路三段207之3號5樓
電　　話　(02) 8913-1005
傳　　真　(02) 8913-1056
劃撥帳號　50022001
戶　　名　漫遊者文化事業股份有限公司
二版一刷　2024年05月
定　　價　台幣360元
I S B N　978-986-489-947-0

This book is published with the support of the Literature Translation Institute of Korea (LTI Korea).

國家圖書館出版品預行編目(CIP)資料

懂也沒用的神祕旅行：小說家金英夏旅行的理由 / 金英夏 著;
胡椒筒譯. -- 二版. -- 臺北市：漫遊者文化事業股份有限公司出版：大雁出版基地發行,
2024.05
200面；14.8×21公分
譯自：여행의 이유
ISBN 978-986-489-947-0(平裝)
862.6　　113006590

我有破壞自己的權利

獨自在城市裡尋找委託人的自殺嚮導；遊走於 C 與 K 兩兄弟之間、只能依附他人填滿靈魂空虛的朱迪絲；拒絕自己的表演被複製、卻無法拒絕命運被複製的行為藝術家柳美美……這些獨特的人物，交織出一幅現代社會愛與死亡的浮世繪。

·····················

殺人者的記憶法

天才型殺人犯金炳秀，在連續作案三十年後決定退隱，二十多年來和養女恩熙住在偏僻山村，相依為命。然而隨著年紀增長，他罹患了阿茲海默症。與此同時，村裡有年輕女人接二連三遇害，彷彿有個新的連續殺人犯在此地出沒……

·····················

光之帝國

金基榮是來自北韓的間諜，21 歲時被派到南韓臥底，在首爾定居，結婚生女，徹底融入資本主義的社會。某天他突然接到來自平壤的信，要求他在一天之內清理全部工作，回歸祖國。他感到有如晴天霹靂，因為間諜被召回北韓，通常意味著等在前頭的是死刑……

·····················

猜謎秀

李民秀雖然擁有高學歷與豐富知識，卻因為出身不好，找不到理想工作。渾渾噩噩度日的他，在陰錯陽差之下加入了「公司」，一個匯聚各方菁英、以參加猜謎秀為業的組織。他在這裡找到歸屬，也被迫參與競爭，必須起而迎戰這世界的規則，努力和自己的命運對弈……

金英夏作品集　｜長篇小說｜

黑色花

1905 年，日俄戰爭正激烈，一艘英國輪船載著 1033 名出身各異的朝鮮人，朝着他們心目中的世外桃源墨西哥駛去，但其實他們是「大陸殖民公司」為了提供墨西哥農場短缺的人力而被賣掉的奴隸。四年過去，他們的合約期滿、得到「解放」，但他們的國家已然滅亡，再沒有地方可以回去……

•••·········•••

我聽見你的聲音

故事以飆車族首領傑伊為核心，讓不同的聲音彼此呼應：罹患失語症的童年玩伴東奎、對傑伊一見鍾情的富家女木蘭、靠援交買食物的翹家少女、送披薩外賣維生的少年等，以及記錄下這些生命痕跡的作者，讓我們看到傑伊的憤怒、東奎的悲哀、孤兒們的暴力，還有在野生世界中流浪的青少年與成年人寂寞而荒涼的生活中，所有的悲傷。

•••·········•••

告別

金英夏最人性的科幻故事！
「人」究竟是什麼？「意識」（mind）可以和「軀體」（body）分別與切割嗎？ 17 歲的哲和父親崔振洙博士生活在與世隔絕的「智人麥特斯」高科技園區，他從來不曾與外界接觸，直到有一天，他為了給父親驚喜而偷溜到園區外……從此再也回不了家。

金英夏作品集　|散文|

見

這是一本你可以窺見其小說幕後、一探作家腦迴路的散文集！
本書是金英夏思考日常生活中的所見所感，將之化為文字的26篇記錄。他以敏銳的小說家之眼，分享他對社會和世界的所思所感和疑問，幽默而獨具洞見。

••••••••••••••••

言：生活如此艱難，但我們還有文學與寫作

本書將金英夏的8場演講與23篇訪談稿，重新整理集結成書。他走出創作者的隅室，面對不特定的大眾與讀者，談論年輕世代面對的生活處境、生而為人的最後生存手段、邀請大家喚醒心中的藝術家、分享如何成為作家與創作的點點滴滴，甚至是韓國文學的趨勢觀察⋯⋯

••••••••••••••••

讀：因為有小說，我們得以自由

韓國國民作家金英夏獻給「小說」的愛情告白！他在書中分享了其閱讀經典小說的體悟，談論讀小說的危險與樂趣、痛苦與快樂，剖析讀小說的意義，思索小說如何形塑我們的內在。經由他的指引，我們可以在小說的宇宙中探險，畫出自己獨特的閱讀道路與地圖。

金英夏人間劇場　|短篇小說集|

只有兩個人

7個關於「失去」的中短篇故事，7種人生的拋物線！本書的每一篇故事都在描寫「失去了」什麼的人，以及這些人「失去之後過著什麼樣的生活」。這些人不只是外在發生變化，連內在也遭到破壞，小說敘述他們設法求生的每一天，如何填補或承受那份空缺，在世上生存下去。